Con la noche a cuestas

Colección Autores Españoles
e Hispanoamericanos

Manuel Ferrand

Con la noche a cuestas

Novela

Premio Editorial Planeta
1968

Planeta

Editorial Planeta, S. A., Córcega, 273-277, Barcelona-8 (España)

1.ª edición: diciembre de 1968
2.ª edición: diciembre de 1968
3.ª edición: setiembre de 1969
4.ª edición: noviembre de 1972 (edición especial para Club Planeta)
5.ª edición: diciembre de 1972
6.ª edición: marzo de 1974 (edición especial para Club Planeta)
7.ª edición: julio de 1975
8.ª edición: marzo de 1976 (edición especial para Club Planeta)
9.ª edición: mayo de 1976 (edición especial para Club Planeta)
10.ª edición: setiembre de 1976 (edición especial para Club Planeta)
11.ª edición: enero de 1977 (edición especial para Club Planeta)
12.ª edición: enero de 1978 (edición especial para Interbooks)
13.ª edición: diciembre de 1979 (edición especial para Club Planeta)
14.ª edición: mayo de 1981 (edición especial para Club Planeta)
15.ª edición: setiembre de 1981 (edición especial para Club Planeta)

Depósito legal: B. 24351 - 1981

ISBN 84-320-0032-9 colección completa
ISBN 84-320-0017-5
ISBN 84-320-5094-6 primera publicación

Printed in Spain - Impreso en España

«Duplex, S. A.», Ciudad de la Asunción, 26-D, Barcelona-30

A Consuelo, mi mujer

I

PASÓ EL ÚLTIMO AUTOBÚS, casi vacío, camino del centro. Serían las dos y cuarto y el airecillo norte retorcía, como jugando, la columna de humo a la puerta de la caseta.

Tirso se asomó y las orejas se le quedaron como atravesadas por agujas. Cuando el autobús se perdió de vista el hombre volvió a meterse en la caseta de madera porque, después de todo, mejor se estaba allí, envuelto en el capote viejo y la manta, que no a la intemperie, junto a lo que quedaba de hoguera.

Las primeras noches fueron más entretenidas porque siempre surgía un ruido que lo mismo podía ser de ratas que de ladrones y porque se pasaba las horas viendo sombras que se movían por los alrededores de la obra. Al menor ruido, ya estaba fuera de la caseta. Entonces, en la penumbra veía moverse algo entre los montones de material o al lado de la hormigonera, o donde los sacos de cemento; se acercaba y no había nadie. Otras veces, subía la escalera sin barandas ni enlosado y recoría una por una las plantas del edificio.

Ya no, pero antes el hombre le echaba valor y acudía a todas partes, pasando frío y miedo, no fuera a ocurrir que cualquier mañana descubrieran un robo y le hicieran cargar con el mochuelo. Por eso lo de trepar hasta la más alta viga o indagar en el almacén, y subir y bajar con cuidado los escalones húmedos de mezcla reciente.

A veces, el ruido le llegaba de un gato que rebuscaba o de un papel deslizado por el aire rastrero. Y en cuanto a las sombras, podía ser la de una espuerta pendiente de un tiro o de un saco que el viento tremolaba como sucia bandera.

Tirso llegó a conocer sombras y a distinguir ruidos y, tal vez por eso, y porque el invierno se le echaba encima, fue poco a poco perdiendo interés por las pesquisas y cada vez salía menos de la caseta. Fue por aquellas noches cuando empezó a recordar canciones antiguas, rebuscando en la memoria las más viejas, las de su niñez. Y fue también cuando descubrió el consuelo de hablar solo. Cuando las horas quedaban prendidas y sin pasar, en la madrugada honda, el hombre hablaba y sus palabras le envolvían haciéndole compañía, rebotando en las paredes de la caseta. Una noche se sorprendió de su voz, como si no la conociera, y se estremeció. Estuvo callado largo tiempo y después volvió a lo mismo diciendo palabras sueltas, primero muy bajo y luego tan alto que parecía haberse vuelto loco. Cuando se dio cuenta, estaba sudando.

Unas noches en cuanto acababa la televisión y cerraban la cafetería de enfrente, y otras más tarde, caía por allí el sereno de la demarcación. Se llamaba Castro y tenía un defecto en una pierna, por lo que el bastón, además de arma de autoridad, de defensa y ataque, le venía que ni pintado para su cojera.

Era un tipo raro ese Castro. Contaba cosas extravagantes que molestaban a Tirso las más de las veces, pero había que soportarlo porque hacía un rato de compañía, y eso se agradece cuando se está de guarda toda la noche. Decía que, en su pueblo, el año 41 nevó a fines de abril y se puso la plaza con más de un metro de nieve. Esto a Tirso le sentaba como un tiro porque estaba seguro de que era cuento, y así se lo decía. El otro aseguraba que era verdad y que no tenía más que preguntar en el pueblo. Como no era cosa de alargarse a la provincia de Pontevedra, ello quedaba así, sin más discusión.

Otra noche, Castro contó que (en su pueblo, claro está) un sujeto se comió un cordero en una cena de boda.

—Un cordero chico —aclaraba.

—Ande ya...

—Le digo que sí. Era un pariente mío, que se llamaba Plácido. Él solo se comió el cordero. Y tenía un hermano que se llamaba Estratónico...

Esto ya no se podía aguantar.

—¿Cómo ha dicho usté?

—Estratónico.

—Ya está bien.

—¿Cómo que está bien?

—Que bueno está lo bueno.

Tirso le volvió la espalda y se metió en la caseta con gesto de hombre ofendido.

Varias noches estuvo Castro sin volver por allí. Tirso le veía pasar por la acera de enfrente, lo más de prisa que le permitía la cojera, y no hizo nunca por llamarle. Pero la noche es larga y pesa lo suyo, y Tirso le echó de menos en seguida.

Antes de una semana, Castro volvió por la obra.

—¿Un pitillo? —ofreció.

Se alegró Tirso, pero hizo lo posible para que no se le notara.

Fumaron en silencio las primeras bocanadas.

—Estas noches estuve muy ocupao.

—Ya —aceptó Tirso.

—El jueves hubo jaleo allí arriba.

—¿El jueves?

—Robaron en el piso de un periodista.

El sereno contó lo del robo. Uno más en el barrio y uno más en la ciudad, del que no habló la prensa.

Ocurrió sobre las cinco de la madrugada cuando todo era silencio dentro del piso y fuera de él. El periodista dormía y quienquiera que fuere se coló por una terraza aupándose en un cajón de madera, un cajón grande que había en el bajo, amontonado con otros, a la puerta misma del almacén. El fulano debió de ver desde la calle la puerta no bien cerrada de la terraza, arrimó el pedestal y, más tranquilo que el mundo, saltó la baranda y se coló en el piso.

—Digo yo que conocería la casa —opinó Tirso.

—¿Y yo qué sé? Esas cosas ocurren de la manera más tonta.

Y siguió su relato, dando detalles que asombraban más al guarda de la obra. Le informó de que el ladrón, harto de pasearse de un cuarto al otro, se fue por la puerta del piso, bajó la escalera y salió a la calle tan campante, y se llevó cuanto quiso.

—Oiga usté, ¿y no se despertó nadie?

—Nadie. Ni los niños, ni la mujer, ni él, ni la muchacha. Todos durmiendo. Yo no sé si es que les echaron algo para que se durmieran o qué.

—Yo lo que digo es que hace falta valor.

—La Guardia Civil dice que esta gente son como drogaos. ¿Se da usté cuenta? Se fuman mariguana o vaya usté a saber qué, y ya no le tienen miedo a na.

—Como sonámbulo.

—Pero con los ojos muy abiertos.

Castro dijo entonces que en eso de los robos no sabía nadie a qué atenerse.

—¿Usté no se acuerda del robo de la calle Aire?

—No.

Entonces le contó el amigo lo que sabía. Era un robo muy sonado que pasó años atrás. Una condesa o marquesa, era por tiempo de Semana Santa, que llega a su casa sobre las doce de la noche, dispone todo para salir a las siete de la mañana a su finca de campo, abre la caja fuerte, recoge sus joyas en un maletín y lo deja en la cabecera de la cama. Y se echa a dormir.

A la mañana, el maletín no está. Gritos, alarma, avisos a la policía y se ponen en marcha las investigaciones porque las alhajas robadas estaban valoradas en varios millones. Empezaron por interrogar a la servidumbre. ¿Quién, si no, iba a saber que la caja fuerte se abría a las doce de la noche? ¿Quiénes mejor enterados que el chófer, las sirvientas, el mozo de comedor, del propósito de salir a las siete de la mañana? La cosa estaba más clara que el agua. Pero, amigo, pasaron dos días y las joyas no aparecían por ninguna parte. Nadie sabía nada. Nadie cantó.

Y una tarde, un agente de la brigada recibe una llamada telefónica de un confidente, citándole para un bar de Triana. Allá va el hombre a ver qué nuevas hay y se encuentra con un sujeto que le lleva a un velador, se mete la mano en el bolsillo y saca un paquete que abre y derrama sobre la tapa de la mesa. Eran las joyas. Las había comprado por nada y menos a un desgraciado.

—¿Y sabe usté quién era el ladrón? —concluyó Castro—. Pues un granujilla de los que se dedican a robar ropa tendida por las azoteas. Fíjese usté lo que son las cosas. Esto se escribe y no se cree. Iba el randa por los jardines de Murillo y de pronto ve que le sigue un tipo raro. Se fija y era un marica. Entonces, al hombre le da miedo y lo esquiva metiéndose por las callejuelas; pero el otro le sigue. Ya le digo a usté que se cuenta y no se cree. El chorizo, en vista de eso, dobla una esquina, encuentra una puerta entreabierta y sube que se las pela escalera arriba hasta que llega a la azotea. Si llega a ver ropa tendida, aquí se acabaría el cuento, porque hubiera ido a lo suyo de siempre. Pero no había nada y el hombre saltó a la azotea de al lado. Allí encontró otra puerta y bajó tranquilamente. Estaba en la casa de la dueña de las joyas. Todo el mundo dormía, ¿se da usté cuenta?, y el hombre se puso a recorrer pasillos, por aquí entro, por aquí salgo, hasta que se encontró en el dormitorio, junto a la cama y frente al maletín.

—Y lo trincó.

—En menos que se piensa. Luego dejó el maletín en otro cuarto y se llevó nada más que las joyas que no abultaran en los bolsillos. De modo que ¿qué me dice usté? La policía y todo el mundo pensando en que los criados tenían que ser a la fuerza los ladrones, y el ladrón de verdad resultó ser un randa que se llevó todo aquello por pura chamba.

Siguió el relato de los ladrones por algún tiempo, porque el gallego, como brujuleaba tanto por todas partes y se conocía a guardas y a porteros, a criadas y a todo quisque, sabía lo suyo del tema.

—Le digo a usté que la cárcel estará medio vacía, pero lo que son las calles... A mí me decía, no le digo a usté quién, pero uno que conoce bien cómo está el ambiente, que al que pillan robando lo sueltan en menos de lo que se dice.

—Pues yo —replicó Tirso—, ya ve usté, soy más pobre que las ratas, pero que el que se mete en una casa para robar debiera pasar muchos años en la cárcel. Pero muchos años.

—Eso lo he oído yo a uno de la secreta.

La conversación no era para que Tirso se sintiera más a gusto, no. Receloso siempre, miedoso como el que más, sentía una especie de ahogo, casi sudores. Cualquier día, sí, cualquier día, es decir cualquier madrugada, se vería envuelto en un lío. Robarían algo y le echarían la culpa a él. Prefería mil veces hablar de otros asuntos.

Desde la puerta de la caseta se veía, al otro lado de la calle, una manzana de casas desiguales y un bloque de nueve pisos y muy larga fachada. Ya estaba por esas horas todo oscuro. Si acaso, alguna luz se mantenía encendida unos momentos, para volver a apagarse. Pero los escaparates, los rótulos de la cafetería, de la quincalla, del supermercado y el friso verde de la sucursal del Banco habían sido apagados por el sereno hacía más de hora y media.

—Usté conocerá a todos los vecinos —dijo Tirso.

Castro puso cara como el que piensa: «Lo que yo no sepa...»

Se arrepintió Tirso de haber dicho eso. «Ahora empezará con los cuentos», pensó. Pero ¡qué iba a hacerle! Después de todo, de algo había que hablar.

—¿Usté conoce a doña Margarita?

—No.

—La del cuarenta y cinco.

—No caigo.

—Esa mujer tiene mucho. Pero mucho.

—¿Mucho qué?

—Hombre, es un decir. Que es de cuidao, vamos.

Y contó una historia prolija y desquiciada que, en resumidas cuentas, no tenía ningún interés. Que si tenía una criada que era de Lebrija, que si un día desaparecieron varias prendas, que si dio parte a la Guardia Civil y después resultó que no era la criada, sino el hijo de doña Margarita, que ahora está en Zamora... Total, una pesadez.

—Claro —dijo Tirso, decepcionado, que lo que

esperaba era una historia picante—; y de asunto de planes sabrá usté lo suyo.

—Mire, si yo contara... —respondió el otro dándose importancia.

—Pues cuente usté.

Castro sonrió misteriosamente y replicó evasivo:

—Le digo a usté que si yo contara...

Nada. Que no hubo manera. Tirso se puso negro y a punto estuvo de llamarle imbécil con todas sus letras.

AQUELLA NOCHE llegó el sereno y se quedó mirando la obra.

—¿Cuánto costará cada piso?

—¡Qué sé yo! Será un millón. O dos millones.

—Hay que ver.

—Esto vale una fortuna.

—¿A que no sabe usté cuánto vale uno de ahí enfrente?

—Usté dijo ochocientas mil.

—¿Yo se lo dije?

—Sí, hombre, la otra noche.

Se oyó, lejana, la sirena de un barco.

—Hay que ver las noches que llevamos de frío —comentó Castro.

Removió con el bastón la candela, casi apagada.

—Oiga, ¿por qué no aviva usté esto?

—Porque hace más frío ahí fuera que aquí.

—¿Tiene usté brasero?

—No.

—Pues se va a morir congelao. Esto trae usté una lata grande de conservas, un poner, de caballas, le echa el cisco y ya tiene usté una copa, como dicen por aquí.

Al decir esto, se agachó un poco y se puso a arrimar tablitas y a soplar sobre la candela. Luego, se incorporó y dio unos pasos en dirección a la obra.

—Aquello arde —dijo, y arrancó unos tallos resecos.

Desde la oscuridad de la caseta, Tirso le vio ir y venir. Trajo Castro unos papeles de envolver y unos trozos de madera y fue echándolo todo en la hoguerilla. Una llama vivaracha iluminó de rojo su insatisfecho rostro. Al poco, la candela adquirió un incremento muy notable y los dos se sentaron alrededor.

—Usté no ha sido guarda en su vida —djo Castro.

—Nunca.

—Me lo imaginé.

Castro se ocupaba de ordenar palitroques y la candela subió a categoría de hoguera.

—La noche, pa dormir.

—Verdad —admitió Tirso.

—Se lo digo yo, que llevo veintitantos años de vigilante.

Tirso arrastró el cajón vacío sobre el que se sentaba y lo puso más cerca de la caseta, así que no dejaba de calentarse y tenía, además, la espalda protegida del viento norte:

—Jo, qué tiempo.

—Frío, en mi tierra —respondió Castro, tiritando.

—Sí, ya sé.

El de Pontevedra estaba casi dentro de la hoguera. El humo se le metía en los ojos y era raro que no se le quemaran los zapatos.

—Veintiséis años de sereno —comentó Castro—. Veintiséis. Ya son años, ¿eh? Yo vine, ¿sabe usté?, por un pariente que se había acercado aquí cuando la Exposición. Siempre me escribía diciendo que aquí había trabajo para todo el mundo y en cuanto se acabó la guerra me vine como el que se va a las Américas.

—Las cosas.

Castro no dejaba quieta la candela. Hablaba como para sí, mirando con los ojos relucientes las llamas que brincaban desde los maderos.

—¿Y usté qué hace de día? —preguntó a Tirso.

—Ahora, nada. Por eso estoy aquí.

—Se ha quedao usté parao.

Tirso no respondió. Nunca respondía cuando el

otro intentaba meterse en averiguaciones. Castro era un curiosón y hacía lo posible por saber si tenía familia, cuál era su oficio o dónde había nacido; pero Tirso, nada más que por terco, no le contestaba.

Cuando se hubo calentado, Castro se levantó.

—Voy a dar una vuelta —dijo mirando al final de la calle—. Luego vendré otro rato, pero cuide usté de que esto no se apague.

Se alejó el sereno y a poco, vio Tirso que llegaban a la calle los de la limpieza. Iban con trajes de pana oscura y botas altas de caucho. Uno de ellos se inclinó cerca de la acera y abrió la portezuela de la boca de riego. Se acercaron a él otros que arrastraban la manguera, conectaron y se abrió la llave de paso. Un arco frío de agua que salpicaba en los bordillos y en los postes del alumbrado con un crepitar fino y sostenido. La curva del chorro tenía algo astral, casi de nebulosa que se precipitara sobre la negrura urbana. Pronto se formó un río de borbotones a los dos lados de la calle y la corriente se iba hundiendo en las rejas del alcantarillado en desagüe sonoro y turbulento.

«También es vida la de esta gente», pensó Tirso. «Deben de tener las manos heladas.»

Y acercó las suyas al fuego.

Los del riego charlaban mientras cumplían su menester. Eran voces entrecortadas, que trepaban sin mucho sentido por las fachadas, envueltas en el sonido del chorro.

—Bueeeno va —dijo uno.

El arco fue acortándose y el agua dejó de salir. Quedó el asfalto brillante, reflejando las luces que permanecían encendidas por aquellas horas. Cuando se fueron los de la limpieza, sus voces quedaron flotando alrededor de Tirso.

SE QUEDABA MIRANDO a las viviendas de enfrente y trataba de imaginarse a los que estarían durmiendo. Mujeres hermosas, mujeres feas, mujeres corrientes, oficinistas, abogados, familias tristes, familias pintorescas, todos durmiendo, que para eso era de madrugada. Doña Margarita roncaría.

Un concierto tenue, espeso de respiraciones pausadas, de ronquidos, alguna tos que otra y el llanto de un niño. Olor y calor de alcoba, mujeres removiéndose entre las sábanas, con los brazos y el hombro destapados, los cabellos en desorden, las bocas entreabiertas. Soñaba Tirso con la carne, con la carne dormida y envuelta en telas suaves y amplias. Hay mujeres que hablan dormidas, para decir que no o que bueno, o para soltar palabras sin coherencia. Y el chasquear de la lengua o el suspiro hondo al cambiar de postura. A Tirso se le iban los pensamientos y se alborotaba por dentro como un estudiante.

Todas aquellas casas estaban llenas de durmientes. Si acaso, de tarde en tarde, cada piso, cada vivienda, se sacudía el sueño por lo que siempre ocurre. Entonces las luces quedarían encendidas a través de las ventanas, señal de alguien que se iba para el otro mundo o iba a nacer de un momento a otro.

Para los que duermen a su hora y en su sitio, la jornada acaba a las doce, a la una, o, todo lo más, a las dos de la madrugada. No pensaban —y si lo pensaran ¿qué?— que mientras, cada noche, hay muchos hombres que guardan obras, hacen el pan, andan con trenes o con barcos.

Pensaba Tirso que si se muriera de pronto una noche, podría ser que nadie se enterase hasta que saliera el sol. Quedaría allí solo, como un saco, sin que ninguno de los vecinos se desvelara ni tuviera conocimiento de su muerte. La ciudad, el bloque de enfrente, seguirían durmiendo largas horas hasta que fuera de día. Después, cada uno iría a sus asuntos y, al volver, algunos, se enterarían por el revuelo, por los periódicos; y la mayoría, ni entonces.

Solía temer, porque era hombre aprensivo, que le pasara algo malo. Ponerse enfermo en la caseta, sin que nadie le atendiera, sería muy triste. Si acaso llegaba Castro, menos mal, porque el sereno era servicial y, aunque cojitranco, podría ir calle abajo a la busca de un médico, o de un taxi para llevarle a la Casa de Socorro. Pero Castro sólo estaba un rato de charla, y no todas las noches.

Alguna vez lo comentó con él, y Castro le respondió: «Si nos ponemos a pensar en esas cosas, estamos arreglados».

Bien sabía él que no era bueno darle vuelta a estos temores. Pero estaba solo y despierto, y con la soledad los pensamientos se agrandan y se apoderan de uno como una pesadilla.

La oscuridad, la estructura fría y desnuda del edificio, el olor a hormigón recién volcado, la calle sola y negra con los brillos fijos de las luces, todo cuanto le rodeaba contribuía a la sensación de desamparo.

Noches pasadas le había preguntado Castro: «¿Usté no reza nunca?», Tirso contestó que no tenía costumbre. Castro se le había quedado mirando, luego sonrió y se puso a tararear una copla de iglesia. Luego dijo: «Yo, cuando me encuentro muy solo, no crea usté que no, rezo. Alivia mucho. De verdad». Aquella noche no volvió a hablarse del tema y, noches después, Tirso intentó decir una oración, pero tuvo que dejarlo porque no recordaba más que trozos. «Mi mujer sí sabe.» La mujer rezaba muchas veces, y cuando él estuvo tan enfermo se le iban las avemarías, unas detrás de otras, a la vera de la cama.

En medio del silencio, se oyó que un coche se acercaba.

Tirso estaba atizando la candela, sobre la que había puesto un cazo de café y leche.

Apareció el coche en la calle y se detuvo delante de la obra. Se bajó de él un hombre, fue hacia el capó y levantó la tapa, y sobre el motor se encendió una bombilla. El hombre del auto llevaba un abrigo corto y un sombrero; durante unos segundos permaneció agachado, como si intentara resolver una avería, y al fin se incorporó mirando de un lado a otro, en busca de ayuda.

Tirso vio cómo se acercaba hacia la hoguera. «Éste querrá gasolina.»

—Buenas noches —dijo el del auto cuando estuvo frente al guarda.

—Buenas noches.

—¿Usté entiende de motor?

—Ni palabra.

—¿Hay teléfono por aquí?

—No... Hay en la cafetería, pero está cerrada hace tiempo.

Dudaba el del coche, sin saber qué hacer. Miraba al vehículo, miraba a la calle y no disimulaba su contratiempo.

—Aquí cerca hay un garaje, ¿no?

—Sí... Pasao el cine.

—Pues habrá que empujar el coche hasta allí. Ande, ayúdeme. Le gratificaré.

—No, señor. Lo siento mucho, pero estoy aquí de guarda. ¿Por qué no llama usté al sereno?

Y antes que lo hiciera el otro, Tirso tocó las palmas ruidosamente. Quedaron los dos mirando la calle, pero Castro no aparecía. «¿Dónde se habrá metido este hombre?», se preguntó Tirso.

—Lo mejor será que vaya usté —dijo—. Yo vigilo el coche mientras tanto.

Todavía lo dudó el desconocido durante unos segundos. Luego se apartó de Tirso, llegó hasta el vehículo, se agachó ante una ventanilla y se puso a hablar en voz baja. «Tiene gracia», pensó Tirso. «Ahora resulta que no viene solo.»

Tirso se puso como siempre, en lo peor. Temió que fuera una trampa y se acordó de las herramientas, de los tubos de plomo, del cemento, del motor de la hormigonera. El tipo del auto parecía rico, llevaba un buen abrigo, buen calzado y traía cara de vivir como un rey, pero Tirso no se fiaba. No hacía mucho, le habían dado un disgusto al guarda de unos almacenes del centro. Llegaron dos individuos y le dijeron que habían tenido un accidente y que no sabían por dónde caía la Casa de Socorro más próxima para llevar a uno que traían herido en el coche. El guarda salió, lo enredaron y, mientras tanto, otro sujeto se llevó de los almacenes cuanto quiso.

El del auto se acercó de nuevo y dijo a Tirso:

—Voy al garaje. Eche usté una ojeada.

Se marchó y Tirso le vio alejarse por la acera, volviendo de vez en cuando la cabeza.

Ya estaba bien caliente el café. El guarda tomó el cazo y vertió la bebida en un vaso de hojalata.

«También es raro tantas precauciones, habiendo otro en el coche.» Tomó un sorbo. El café le venía admirablemente, recalentado y todo. «Debería venir Castro.» Tenía el coche las luces de posición encendidas y los cristales subidos. «Quién sabe si todo este tejemaneje no es sólo para tenerme mirando.» Y se estremeció pensando que el otro diera la vuelta y saltara la tapia por la otra calle. Había oído hablar de un guarda al que atacaron por la espalda y le dejaron con la cabeza hecha pedazos. Después, al cabo de unos meses, la policía dio con los criminales, pero el guardia siguió con la cabeza rota y sin resucitar.

«Castro viene cuando no hace falta. Cuando se precisa, no hay quien lo vea.»

Se bebió Tirso el café y se fue acercando a la calle. No se veía al sereno por ninguna parte. Siguió hasta el auto y al llegar vio que se bajaba el cristal de una ventanilla.

—¿Está muy lejos el garaje?

Era una mujer la que preguntaba.

—Dos manzanas más abajo —respondió el guarda.

La mujer podría tener veintiocho o treinta años, todo lo más, era guapa y llevaba una piel sobre sus hombros.

—Lo que ocurre es que a lo mejor no hay nadie —dijo Tirso.

—Pero habrá un guarda, ¿no?

—Sí, claro... Tendrá que haber un guarda.

Tirso volvió la mirada a la obra y luego a la calle. No había más que silencio y frío.

—¿Toda la noche tiene usted que estar aquí?

—Toda la noche.

—Hasta cuando llueve.

—Sí, hasta cuando llueve.

Ella le miraba con curiosidad, quizá con simpatía. Tenía unos ojos grandes, muy expresivos.

—Debe de ser muy duro, ¿verdad?

—A todo se hace uno.

De pronto, le pareció oír algo dentro de la obra, cerca de la caseta. Miró a la calle: «¿Y Castro, dónde estará Castro?»

—Un momento —dijo a la mujer.

Se acercó a lo suyo, pisando con cuidado, con los oídos más atentos que nunca. Al llegar a la puerta, tomó del suelo un mango de espiocha, el que siempre tenía cerca por si acaso, y cruzó despacio el umbral.

Dentro, la oscuridad y el silencio de siempre.

Los mismos olores. Encendió la bombilla y la amarillenta claridad le hirió bruscamente los ojos. Allí estaban los sacos, las cajas de herramientas, los rollos de cobre lanzando crudas sombras sobre las paredes. Salió de nuevo y dio una vuelta alrededor de la caseta, siempre con la barra en la mano y separándose de las paredes al llegar a cada esquina.

Ahora era mayor la oscuridad. Junto a uno de los pilares estaba el motor y, a su lado, los tubos de gres que habían traído aquella misma mañana. Tirso iba sintiendo un frío distinto, más hondo a medida que se acercaba al rincón de sombras confusas y, antes de llegar, se detuvo.

Estuvo un rato con los sentidos en vilo, mirando hacia todos lados. Nada. Habría sido una rata. O el aire.

Fue de nuevo hacia el auto y lo encontró con los cristales subidos. La mujer fumaba, le miró de reojo y con indiferencia.

Por la calle venían tres hombres: el del coche, Castro con su bastón y su cojera, y otro más que resultó ser el mecánico. El del coche abrió una puerta y dijo a la mujer:

—Ha sido una suerte. Le hemos encontrado por casualidad. —Luego volvió a cerrar, buscó en el bolsillo y le dio cinco duros a Tirso.

De nuevo junto a la candela, Tirso se entretuvo en mirar el pequeño espectáculo que se le ofrecía en la calle, porque cualquier incidencia, por pequeña que fuese, rompía la monotonía, alteraba el paso lento y monocorde de las madrugadas.

El mecánico, a lo que veía desde allí, había resuelto en seguida la avería y daba consejos al propietario. Castro escuchaba la conversación muy de cerca, casi metido entre los dos. «Es un curioso. Seguro que lo hace por mirar a la mujer. Ahora vendrá a decirme que la conoce.»

Se había calmado el aire y hacía menos frío. Por encima de la obra había aparecido una nube pequeñita que en seguida fue ensanchando y largando hijuelas. Un reloj dio la hora. Se oyó el ruido de un camión o de un autobús hacia la plaza cercana y, al momento, quedaron de nuevo solas las voces de los hombres junto al coche.

Crepitaba la candela arrancando a la madera burbujas oscuras y brillantes de resina. Eran unas bolitas que crecían en el hervor hasta deshacerse en la humareda.

«Mañana enciendo el brasero.»

El del coche lo puso en marcha, dio unos cuantos acelerones y escuchaba, seguramente impaciente, los consejos que le gritaba el mecánico. El humo azul que se escapaba por debajo de la carrocería, alejó a Castro por un momento, pero volvió en seguida a ponerse al lado del mecánico.

«No. No pierde detalle.» Tirso bostezó.

Se bajó el dueño, echó manos a la cartera y dio un billete al mecánico.

«Le habrá dado veinte duros.»

Luego anduvo rebuscando en los bolsillos y sacó una moneda que entregó a Castro, volvió a entrar en el auto, se oyó el portazo definitivo y el vehículo arrancó perdiéndose de vista en seguida.

—Hay que ver... —comentó el mecánico—. Salir de noche, a lo mejor de viaje, sin tener idea de lo que es un coche.

—Ya me he dao cuenta —respondió Castro.

—Así pasa lo que pasa. A éste le va a durar poco.

Castro ofreció tabaco.

—Gracias. No gasto.

—Hace usté bien.

—No, es que no he fumao nunca. —Y se despidió—. Ea, pues buenas noches.

—Buenas noches.

Castro se fue derecho a la candela, arrimó uno de los cajones que venían sirviendo de asiento y ocupó su lugar frente a Tirso, sin decir palabra. Sonreía y sólo al cabo de unos segundos exclamó:

—¿Se ha fijao usté?

—Una avería, ¿no?

—Qué mujer...

Tirso se le quedó mirando. Luego rió.

—¿De qué se ríe usté?

—Esa mujer no vale na. Se lo digo yo, que estuve un rato charlando con ella.

—Usté habrá estao como sea, pero esa mujer es una preciosidad.

—Ande, Castro, que es usté más exagerao que nadie.

—Y, además, no lo digo yo. Lo dice todo el mundo.

—¿Todo el mundo?

—Pero, bueno, ¿usté la conoce o qué?

—¿Yo? De haberla visto hace un momento.

—Esa mujer, para que usté se entere, es Gloria Montilla.

—¿Ésa es Gloria Montilla?

—Sí, señor.

—¿Y él quién es?

—¿Él? ¡Yo qué sé!

—¿Seguro que es Gloria Montilla?

—Que sí, hombre, que sí, no sea usté pesao. ¡La conozco yo poco bien!

Castro se puso a remover la candela, metido en sus recuerdos. «A ver qué cuenta», esperó Tirso.

—La conocí en la calle Canalejas, hace de esto, verá usté: nueve años. Entonces no era famosa. Digo, sí, era famosa, pero no tanto como ahora. Le hablaba a uno de Bilbao que tiene una fábrica de jabones. Usté le debe de conocer.

—No.

—Por poco hace un disparate. Un día encontró a la Gloria con otro en un hotel y armó una... ¿Se acuerda usté de aquello?

—No. Yo, vamos, no estoy muy enterao de la vida de los artistas.

—Yo voy mucho, como le digo, por la calle Canalejas, porque mi mujer tiene allí un puestecillo de tabacos y chucherías. Ella se pasa todo el día viendo entrar y salir gente, así que conoce a los vecinos como nadie. Figúrese usté. A las mujeres, que no se les escapa na y todo el día mira que te mira sin tener otra cosa que hacer. Aparte de la venta. Pero la venta no quita para enterarse de todo, ¿se da usté cuenta?

—Natural.

—Aquello tenía que ver. Veía usté llegar a un tío que se bajaba de un cochazo y compraba tres pitillos de rubio. Tenía para un coche y no tenía para un paquete entero. Qué gente... El tío cogía los tres cigarrillos, los metía en la pitillera y se iba más campante que el mundo.

—Tendría que ser agarrao...

—Ya ve usté.

Tirso bostezó. Fue un bostezo largo que le arrancó lágrimas.

Se quedaron en silencio, Tirso con los ojos entreabiertos y Castro con la mirada fija en la lumbre. Frente a frente, los dos amigos, los dos extraños. Muy poco se conocían. Castro hubiera contado su historia, larga y premiosamente, si al otro le hubiera interesado escuchar. Pero Tirso ponía barreras a las confidencias y no soltaba prenda ni a la, de tres. Ni mostraba interés por conocer mejor al amigo ni contestaba a las preguntas que le hacían de su vida.

Ya en el pueblo se lo habían dicho. «Eres más reservao...». Y es que no le iba con el carácter el ir contando sus penas y sus proyectos. Después de todo, ¿quién le iba a echar esa mano definitiva, para levantarlo, para cambiar de vida de arriba abajo? Cuando llegó a ser encargado de la Huerta Grande, el puesto le vino no por pedirlo, ni por quejarse, ni por buscar influencias. Vinieron a buscarle. Él no había dado un solo paso. Lo buscaron porque convenía. Lo mismo que le quitaron de allí porque otro convenía más.

La Huerta Grande... Una tarde, volvía de los naranjos. Fue por setiembre. El agua corría sonora y limpia por las acequias, camino de las piletas. La tierra, limpia de hierba, abierta en terrones blandos, no podría pedir más. Tirso pisaba dejando la huella donde debía, con el paso firme del que se cree el amo. La tierra quiere mimos, y los tenía. Para un casero no hay horas. Tiene que levantarse con el alba, atender al ganado, recorrer la finca de punta a punta, estar en todo, cuidar cada planta, atender al motor del pozo, vigilar las faenas de los demás. Tirso acudía a todas partes y él mismo sabía arreglar la avería fácil del tendido eléctrico, como se las arreglaba de primera si había que levantar un tabiquillo de capuchina donde los cerdos. Tirso era casi el amo y por eso la Huerta quedó en menos de una semana que daba gloria verla. Desde el camino, por encima del maíz, vio asomar la cabeza de Pepe Lora, el nuevo dueño de la finca. Venía con otro, un hombre robusto, colorado, con las cejas juntas. Hablaban y Tirso se detuvo. Cuando Pepe Lora le vio, guardó silencio. Aquél, el colorado, era —luego lo supo— el que venía a reemplazarle.

Al día siguiente Lora dijo que el nuevo sabía manejar un tractor. Tirso no había probado nunca, pero estaba seguro de que aprendería en seguida. «¿Y por qué no lo has dicho?», le preguntó el suegro cuando hizo el comentario. «¿Para qué? Hubiera sido lo mismo.» Y el suegro le recriminó: «No se puede ser como tú eres. Te tienes que defender. Eres tan reservao...»

Él se encogió de hombros. Demasiado sabía que le reemplazaba el otro no por lo del tractor, sino porque no tenía hijos. Los hijos alborotan y son bocas más que alimentarse de la Huerta.

La Huerta Grande... Para qué contar... Para qué acordarse siquiera.

Miró de nuevo a Castro. El guarda había dejado de pestañear. La cabeza bamboleaba y se le veía rendido por el sueño, hasta que, en una de las cabezadas, juntó la barbilla con el pecho. ¿En qué estaría soñando? Cualquier cosa, a lo mejor con su pueblo, pero seguro que no con mujeres. Dentro de nada —Tirso sonrió al adivinarlo— se despertaría diciendo «Por poco me duermo».

¿Por qué aquel hombre sería vigilante y no otra cosa? A lo mejor, quién sabe, porque le gustaba el oficio. Siempre se ha dicho que en el mundo hay gente para todo. Para veterinario, para fraile, para sereno. Sí, le gustaría, seguro. Castro era hombre más bien raro. Tenía que gustarle eso de pasar la madrugada al relente. Que era raro, no había más que verle allí, sentado de mala manera, acurrucado bajo el frío. Sabía que muchas noches echaba la cabezada en el garaje, pero el garaje ya es distinto, porque entre las paredes y con techo, estaba a resguardo del mal tiempo. En el garaje se explica. Pero al aire libre... Castro, pensaba Tirso, no estaba bien de la cabeza.

Estuvo por despertarle, con miedo de que cogiera una pulmonía, porque el tiempo no estaba ya como en las noches pasadas. Le pareció humano entablar de nuevo la charla, sacudirle por un hombro para que se despabilara. Pero él también estaba entumecido y sin ganas de hablar, y le dejó como estaba.

Qué rara es la gente... «Yo también soy raro. Lo comprendo. Lo dice todo el mundo.» Cuando caía en esto, le daba por pensar que él era, al fin y al cabo, el hombre más raro del mundo, el terco, el obstinado, el extravagante que no puede quejarse, si bien se mira, porque no tiene nadie a quien echarle la culpa. Y aquí, en este punto, se perdían sus divagaciones en una barreduela de rebotes. Para una vez que tuvo rebeldía...

Aquélla era la hora peor, la más cruda y la más desquiciada, porque la madrugada se iba a toda prisa. Hora de destemplanzas, en que las estrellas se van borrando poco a poco, cansadas de toda la noche en vela, mientras por encima de las azoteas y contorneando las torres llega una luz tenue, difusa, cenicienta, como si fuera neblina. Hora de escalofríos definitivos, de huesos traspasados, de lividez, de estómago vacío.

Por la calle pasó un coche. Luego, un ciclista. En seguida un carro con ruedas de camión, tirado por un jaco. A lo mejor, un trapero. Llevaba las riendas un hombre envuelto en pelliza que alentaba de vez en cuando —«riá ríiiiaa»— a la mustia caballería.

Otro ciclista. Detrás del sillín, en el portapaquetes, llevaba sujeto el cestillo de mimbre para la comida. Un taxi.

La noche, otra noche más, se iba disuelta en una luz opaca, casi rosa, que devolvía perfiles y detalles. Paso a paso se abría el abanico de la mañana nueva poniendo en marcha la gran noria de la ciudad. Empezaba como cada día el espectáculo. Todo el mundo a escena, cada uno donde supiera y pudiese. De ahí el barullo que se adivinaba en el aire y que surgía en menos que se piensa de las calles y del interior de las casas.

Se abrió la puerta en el bloque de enfrente y salió un hombre con las solapas del abrigo levantadas. Andaba como jorobado, recogiendo el cuerpo, hundida la cabeza entre los hombros para defenderse del frío. Y a poco una mujer, con una toquilla negra, se asomó a la calle, las manos juntas en el regazo y la cara de sueño.

Había llegado la hora de la primera misa, de los primeros trinos, del largo y ronco bostezo de los camiones y de los autobuses de línea. Hora del cazalla y del primer café, grifos abiertos, cuando se cruza el que va al trabajo con quien acude de prisa y corriendo a la estación en busca del tren a punto de salir.

Las luces del alumbrado permanecían encendidas como si se hubieran quedado dormidos los del interruptor, mientras tanta gente dejaba la cama tibia, como seres nuevos dispuestos a estrenar otra vez el mundo.

Pasó un motocarro camino del mercado dejando una estela de olor a campo reciente por su carga de verduras todavía húmedas de rocío. Con el tableteo estridente del motor, los cristales de las ventanas vibrarían sacudiendo visillos de vaho. Aquel estruendo abriría definitivamente la cremallera que deja al descubierto el nuevo día. Por él se despertó Castro.

Sacudió la cabeza, apretó los puños y tragó saliva dos o tres veces.

—Por poco me duermo —dijo.

—Eso he notao yo —repitió Tirso.

Se levantó el sereno y sin más despedida se alejó con su sueño a cuestas.

Tirso se incorporó también y entró en la caseta. Recogió la manta, la dobló y la puso en un rincón, junto a la caja de los niveles. Apagó la bombilla.

El interior de la caseta se había vuelto gris como el cemento, gris sucio y sin relieves en las primeras luces del día.

En pie, bajo techo, esperó a la puerta de la caseta mirando hacia la calle.

Autobuses, motos, autos, camiones, cada vehículo con su sonido y con su prisa. Autos que tardan en arrancar. Una sirena. Un rumor ya concreto, espeso, de humanidad puesta en pie, de voces, de pasos, de puertas y ventanas que se abren, de motores.

El triciclo de todas las mañanas se detuvo ante la cafetería y, al levantarse la tapa, Tirso presintió el aroma grato y cálido del pan crujiente.

II

DECÍA EL PADRE:

—Críe usted hijo para esto.

Y movía la cabeza balanceándola, como si fuera a salir en uno de los vaivenes por la pantalla del televisor.

—Se pasa uno la vida luchando como un negro, con la ilusión de que el día de mañana tenga el hijo un puesto en la vida, y ahí lo tienes.

El gesto era patético. Adelantaba el labio inferior, dejando ver los dientes de abajo y se volvía de perfil, un perfil lleno de paternal pesadumbre.

—Hecho un zángano, con melena de marica, como si en el mundo no hubiera nada más importante que la guitarra eléctrica.

Detrás de la cabeza del padre, asomaba, doliente, con los ojos llenos de lágrimas, la de la madre. El realizador o el director, o quien fuera, se había preocupado mucho de buscar unos actores cabales, como mandan los cánones más autorizados por la costumbre. Padre y madre como de cincuenta y pico de años, que es lo que le viene bien a un hijo de veinte según las reglas. Así, de camino, se resaltaba mejor la diferencia entre dos generaciones, que venía a ser más o menos el tema de la telecomedia.

—¿Y de trabajar qué? —bramaba el padre con cierto ademán de asco.

La pantalla ofrecía ahora la imagen del mocito melenudo, con niki y pulsera. Se notaba a la legua que le traía sin cuidado tanta monserga, porque el pollo miraba para otro lado con un hastío en primer plano, como para darle tres bofetadas.

—A tu edad...

Castro estaba indignado. Había puesto en la contemplación del espectáculo toda su alma. A él que no le dieran películas de espías, que no hay modo de entenderlas, sino comedias y dramas, cuanto más sentimentales, mejor. A veces se le llenaban los ojos de lágrimas y, en vez de disimularlo, se volvía al camarero, a la camarera o a quien tuviera al lado y comentaba: «Qué cosas, ¿eh?»

Como no quería perder detalles, se había acercado tanto al televisor que tenía que levantar la cabeza como quien mira al techo. No era que fuese duro de oído. Era que habían bajado el volumen del receptor como todas las noches, para que no se volvieran a quejar los vecinos.

La madre iba luego al cuarto del hijo y lo encontraba tumbado en la cama, con el cigarrillo en los labios. Le hablaba y el joven levantaba el brazo de la pulsera como el que pide por favor que le dejen en paz. La madre seguía hablándole, pero lo hacía en voz baja, y Castro, aunque se ponía de puntillas sobre la pierna sana, no lograba enterarse.

Pasaba también que como la cafetería tenía otros clientes, entre el sonido de la cafetera y de las cucharillas y vasos y la charla de la gente, en cuanto a un actor le daba por musitar su parlamento como si estuviera afónico, el sereno perdía el hilo de lo que estaba escuchando.

Era una cafetería bonita, costeada, con buenas maderas y acero inoxidable. Cuando se inauguró años atrás, hubo quien dijo que se había tirado el dinero en tanto lujo, pero en seguida se vio que no. Los que estrenaban barrio acudían a la barra a pedir, a lo mejor, lo que nunca habían tomado. Castro llegó a comentarlo con el guarda de la obra. «¿Usté se ha fijao cómo la gente cambia? Cambia en todo, en el modo de hablar, en el de comportarse.» Tirso decía que sí, y el otro, animado, proseguía desarrollando sus descubrimientos. «Usté coge a los de un corral de vecinos y se los trae a un bloque de éstos o del Polígono de San

Pablo, y ya son otros. Ya no los verá peleando, ni diciendo votos, ni pegando a la mujer. Yo creo que no hay mejor colegio de pago que un piso con terraza.»

La comedia seguía adelante y a lo que vio era el hijo quien le daba la lección a la familia. Y el padre, al terminar la comedia, tenía que pedirle perdón.

«No, si así está el mundo», pensó Castro fastidiado.

Y salió a la calle. Se dio un paseo por la acera, cruzó la calzada y se acercó a la obra. La bombilla de la caseta estaba encendida. Se asomó Castro y percibió que aquellas cuatro paredes estrenaban un olor nuevo, tufo de cisco.

—Hombre, eso está bien.

—Le he hecho caso —respondió Tirso.

Entró el sereno y se buscó sitio lo más cerca posible del brasero. En seguida empezó con los consejos.

—Procure usté que no se apague. Deme la badila.

Tirso le señaló un trozo de cabilla.

—Yo muevo con eso.

—Bueno es.

Se puso a mover desde los lados hacia el centro hasta arropar la lumbre con los carboncillos sin quemar.

—Déjelo usté. Yo sé mover —dijo Tirso.

—No digo que no. Es para que no se le apague.

Encendieron cigarrillos y con las primeras bocanadas quedaron en silencio, cada uno pensando en lo suyo. Castro le daba vueltas en la cabeza a la comedia de la televisión, y no paró hasta que se la contó a su amigo de arriba abajo.

—Lo malo es que así es la vida —terminó diciendo.

—Desde luego —comentó Tirso.

—Mire usté, hay algunas noches que allí mismo, en la cafetería, se ven cosas así. Se ve cada tipo...

—Marica, ¿no?

—Todos los que usté quiera y algunos más. Con el pelo largo y cuidao como si fueran mujeres, con pulseras y hasta con collares. Bueno, pues a lo mejor los ve usté con muchachas, pero, vamos, liaos con ellas. ¿Cómo se queda usté?

Tirso, por probar, para que el otro siguiera contando, le quitó importancia a lo que oía.

—No será tanto...

—¿Cómo que no será tanto? Mire usté: anoche pasé un mal rato. Yo, que al fin y al cabo ni me va ni me viene. Pero si viera a un par de tipos sentados en la barra con una muchacha entre los dos, las cosas que hacían y que se decían a la vista de todo el mundo... Ya le digo a usté que pasé un mal rato; venga manoseo y venga confianza, como si ella fuera una fulana. ¿Y sabe usté quién era ella? Pues ninguna fulana, sino la hija de un abogao que vive en el veinticuatro, para que usté se entere.

—Pero ¿qué es lo que hacían?

—Pues lo que digo. Que la tenían en medio de los dos, aprovechándose como si estuvieran en un descampao.

—¿Y qué más?

—¿Qué más quería usté?

Tirso hizo un mohín desdeñoso y se encogió de hombros.

—De verdad, Castro: lo que yo no comprendo es que un hombre como usté, con la edad que tiene y harto de pasar las noches en la calle, se asuste de eso.

—No, si yo no me asusto. Es que eso en público es una inmoralidad. Siempre ha habido trajines, pero que la juventud ande así a la vista de todo el mundo, vamos, digo yo... ¿A usté eso le parece bien?

—Habrá visto usté cosas peores, supongo.

—Figúrese. Si yo le contara... La de parejitas que yo he atrapao con las manos en la masa...

—¿Muchas?

—Pa qué le voy a usté a hablar. La otra noche, sin ir más lejos, ¿usté sabe donde está el estanco?, pues en el portal de más arriba no quiera usté saber.

—¿Novios?

Castro cerró los ojos, sonrió y movió la cabeza.

—Le digo a usté que el que quiera conocer la vida que se meta a sereno.

Y quedó pensativo, silencioso. Tirso abandonó el ataque y se recluyó también en sus pensamientos.

Castro solía comentar luego estas cosas con su mujer y se pasaba las horas hablando de cómo está la juventud. Le decía: «Ha llegao el momento en que ya no sabes si son cancos o no». «Dímelo a mí», contestaba ella. Y le contaba otra historia que sabía por el puesto de pipas. «Lo que pasa es que no hay vergüenza.» Y Dolores, la mujer, movía la cabeza con pesadumbre y exclamaba: «Algún día vendrá un castigo de Dios. No tiene más remedio».

El sereno se olvidó de la badila y removió el brasero con el bastón. Tirso le atajó en seguida:

—Deje usté quieta la copa, que la va a estropear.

—Le advierto que yo sé moverla.

—Y yo también. Déjeme usté que me ocupe de mis cosas.

Castro se aguantó y dejó el bastón en el suelo. Luego bostezó:

—¿Usté no tiene transistor en su casa?

—No —contestó Tirso.

—La radio acompaña mucho. Casi todos los guardas tienen transistores.

—Pues ya lo sabe usté. Yo no tengo.

—Es que ahora la radio, como usté sabe, funciona toda la noche y pone cuplés, y dan noticias y ponen flamenco que le gustará a usté, que es de aquí. Por eso se lo digo.

Tirso se enfadó.

—¿Y qué quiere usté que haga? ¿Que lo robe?

No se habló más del asunto.

La noche se presentaba mal y Castro, que era todo paciencia, se encontró a disgusto, así que, sin pensarlo más, se agarró al bastón, se puso de pie y caminó hacia la puerta.

—Hay que ver cómo se pone usté —le dijo como reproche.

Tirso no contestó.

Salió el sereno, cruzó la calle, dio un bandazo por la acera y cruzó por la primera esquina.

Lo suyo no era un trajín de mucha caminata, lo que le venía bien para su pierna, y resultaba menos cansado que su trabajo de años atrás, cuando estuvo de guarda por San Lorenzo.

Alguna vez le había preguntado a Tirso: «¿Y usté en qué se entretiene?» Y el de la obra le contestó encogiéndose de hombros: «En nada. Me pongo a pensar...» Se lo había preguntado con la intención de decirle que otros guardas dedicaban las horas a oír la radio, a liar pitillos o a cualquier faena tranquila, como los presos que con una navaja y un trozo de madera hacen cucharas o abrecartas. Años atrás había conocido a uno que sacaba primores con huesos, que luego pulimentaba y vendía en las casas de artículos para regalos.

Castro se quedó callado. Pensar... Él nunca pensaba, porque la noche se le iba de un lado para otro, sin tiempo para exprimir el cerebro. Llegaba uno y le confiaba la custodia de un coche y otro le venía con el mismo encargo, cuatro calles más arriba. Tenía que moverse porque cada noche robaban más automóviles por el barrio y por la ciudad entera. Es tan fácil robar un coche... El periódico, en un artículo, lo había explicado de pe a pa. Llegaba el randa, cogía un destornillador y abría un cristal en menos que se piensa. Y si no veía a nadie, era capaz de romper la luna de un golpe para ahorrar esfuerzo. Luego, no tenía más que entrar, arrancar unos cables, unirlos de nuevo hasta formar contacto y ya tenía el coche en marcha. Robaban hasta los coches con dispositivo contra robo; por eso muchos dueños lo que hacían era comprar una cadena y fijar el volante al asiento.

Castro sabía que estando él delante no había quien robara. Bastaba con su presencia, porque el ladrón es cobarde y no hace frente sino cuando se ve acorralado. Por eso aceptaba estas misiones que le dejaban algunas pesetas, pero que le hacían dar más vueltas de las precisas.

«Es que hay quien deja hasta el coche abierto», le decía a Tirso. «Bueno —remachaba—, si yo le digo que alguno se deja hasta las llaves puestas...»

Sabía Castro que él no era lo que se dice un hombre valiente, que más de una vez sintió miedo, que a veces el miedo pudo tanto que tuvo que hacerse el loco y salir disparado. Lo comentaba a su manera con su mujer, cuando ésta le pedía que no se metiera en líos. «Descuida, que yo no me meto en laberintos. Yo llego hasta donde se puede llegar.» Y añadía: «Pero impongo respeto».

Imponer respeto; eso era lo suyo.

Por el barrio, y él debía de saberlo, se decía que un sereno no sirve para nada. Ni siquiera para abrir las puertas, como ocurre en Madrid, porque eran contadas las llaves que tenía y porque su demarcación, con no ser grande, se extendía lo suficiente como para no poder estar siempre en el sitio requerido. Y, sin embargo, Castro estaba más que convencido de que sólo con su presencia había evitado más de un delito. Se preciaba de conocer a bulto quién iba con malas intenciones y entonces lo seguía aparentando reserva, con cierto disimulo, no para ver si intentaba robar sino para que el otro se sintiera vigilado. Más vale prevenir. Y si a pesar de ello entraban en un portal o por una terraza, Castro corría cuanto le permitía la cojera hasta la cabina de teléfonos, sacaba una ficha del bolsillo y llamaba al 091. Eso no ocurría casi nunca, a lo mejor una vez al año, pero resuelto el servicio, el sereno se ocupaba durante meses en divulgarlo a la hora de los cafés y a la hora del cobro casa por casa.

Alguna vez comentó con Fede, el portero del

43, ese no vivir que era su trabajo, y lo hizo con una convicción que casi conmovía. Pero Fede se portó mal. Fede podía haberle dicho que sí, o por lo menos callarse. Cualquier cosa menos soltar una carcajada y clavarle chungón el pulgar en un costado. «¿De qué se ríe usté?», preguntó Castro contrariado. «¿De qué va a ser? De que eso no se lo cree ni usté.»

Fede era otro más de los que aseguraban que ni Castro, con ser un buen hombre, ni los demás vigilantes se daban vida aperreada. Y cuando Castro, dolorido, le reprochó sus palabras, el portero le dio una palmada en la espalda y le soltó un «¿A mí? ¿A mí con ésas? Pero, hombre, cuántas veces he llegao yo tarde y dao vueltas y más vueltas y no le he encontrao a usté ni en retrato.» «Porque estaría de servicio en otra calle.» «Porque estaría usté durmiendo en el garaje. Vamos, a mí... A mí, que me chupo el dedo, vamos...»

Con cosas así, al sereno se le quebrantaba la moral, como él decía, y se le venían abajo los ánimos. Pero todo pasaba en seguida. Lo malo era tener que hacer frente un año y otro año a la incomprensión, al chungueo y a la mala uva sin tener de su parte una autoridad de verdad. Ni se la concedía la ley, ni la costumbre, ni los propios vecinos. Porque ésa era otra. A la hora de reclamar, a la hora de quejarse, el sereno tenía la culpa por no haber estado frente a la casa donde se robó a las cuatro menos veinte en punto. Y a la hora de pagar, siempre había quien salía diciendo: «Pero a usted ¿quién le ha puesto de vigilante, si se puede saber?» Porque la verdad es que no le había puesto nadie, sino que una noche apareció con su gorra y su garrote tomando posesión, por las buenas, de las calles y del cargo. ¿Que estaba sindicado? En el de Actividades Diversas, sí. ¿Y qué? ¿Qué culpa tenía nadie?

Sindicado y todo, ya se guardaría de meterse por medio de una trifulca. Si por hacerlo resultaba herido, mala suerte. Pero si hería a alguien, tenía que responder ante la justicia, porque su misión no era la de andar metiéndose en borrasca sino vigilar y nada más que vigilar.

Pensar... Si acaso pensaba en algo, tenía que ser en esas cosas... ¿En qué si no? ¿En sus campos de Galicia? No le sentaba bien, y menos en horas de servicio. Cuando le venían los recuerdos, una ternura húmeda y cálida le rebosaba del pecho hasta los ojos. Hacía tantos años ya, que no quería ni acordarse. Un paisaje verde, fragante, como fondo de un exvoto, se le había quedado impreso allá en los adentros, cada vez más pequeñito, cada vez más brillante de color. Alguna vez se desbordaba ocupándole toda el alma y toda la mente en un recuerdo por sorpresa que a lo mejor le venía con el olor que le traía el aire al doblar una esquina, al pasar ante una puerta o al cruzarse con alguien. Todo muy impreciso y muy fugaz, pero que le sacudía de dentro afuera y de arriba abajo.

Si tuviera hijos pensaría en ellos. Pero no hubo más que un barrunto al año y pico de casados, y se acabó. La mujer lo pasó muy mal y hubo que operarla aprisa y corriendo. El médico le dijo después: «Amigo, se ha apagado la caldera». Él no lo entendió de pronto. «Que su mujer no tendrá más hijos», tuvo que aclararle el médico en vista de que no se enteraba.

Si tuviese hijos, a lo mejor se hubiera retirado ya. Eso no se lo decía a nadie ni nunca se lo diría a Dolores, pero era la verdad. Como era verdad que cuanto más le pedía la mujer que reclamara el nuevo empleo, menos ganas tenía de abandonar su oficio de siempre. Sabía que en cuanto dejara de callejear desde las primeras horas de la noche hasta el alba, podía considerarse como echado a perder para siempre y sin remedio. Se aburriría. Entonces sí que se pondría a pensar. Y tenía miedo de hacerlo.

Estas cosas no le entraban a Dolores en la cabeza. Ni éstas ni otras. Se llevaban bien, porque ni uno ni otro tenía mala sangre y porque habían congeniado mejor de lo que podía parecer. Pero eran tan distintos... Él no serviría para el puestecillo; en cambio, Dolores se daba para vender muy buenas trazas. Allí se pasaba las horas oyendo la radio y atendiendo a la clientela con agrado. Seria, pero con disposición. Y con educación.

Dolores era una mujer despierta, ocurrente. Su marido celebraba unas veces sus buenos golpes, y otras no, porque no alcanzaba el significado. «Qué lento eres, hijo», le recriminaba ella. Sí, él reconocía que era más bien tardo. Le faltaba esa agilidad mental capaz de coger al vuelo todas las frases. Su mujer abusaba en esto y le ponía a cavilar por aquello de al revés te lo digo para que me entiendas. Y Castro hurgaba por los entresijos de la mente en busca de un sentido. Si alguien contaba un chiste delante de los dos, podía ocurrir que la carcajada de Dolores dejara con la boca abierta a su marido. Había que explicárselo y entonces, claro, tampoco se reía, porque ya había perdido la gracia.

Si Dolores hubiera podido, si hubieran encontrado apoyo, tendría algo más que el quiosco, porque era mujer de empuje y de ideas. Negociante cabal, más viva que el hambre, ahorradora, con don de gentes. Pero de vez en cuando una melancolía repentina acababa con ella. Entonces ni acudía al puesto y le daba por esconder el llanto y por escatimar la charla. Sus días de tristeza la convertían en otra mujer, huraña, distante, silenciosa. Miraba a su marido como a un extraño y le daba por ir y venir por el piso, aquí limpio, aquí friego, con ceño impasible, con gesto adusto. Los labios, extremadamente finos, se replegaban hasta casi desaparecer y entonces lo mejor era quitarse de en medio.

Castro no llegaba a acostumbrarse a esos cambios y siempre le cogían desprevenido. Se ponía nervioso y, si estaba levantado, aprovechaba para irse a la calle cuanto antes. Él lo atribuía a la maternidad frustrada y le hubiera gustado que un médico le diese la razón. Pero no había quien llevara a Dolores a una consulta estando así. Lo mejor era eso: dejarla.

LLEGÓ HASTA EL PORTAL del 43 y se detuvo. La puerta de cristal dejaba ver el lujoso zaguán del inmueble. Dio unos golpes con el nudillo y, detrás de un mostrador breve de madera labrada, Fede, el portero, levantó la mirada del periódico.

Cuando iba a seguir su camino, al tiempo de decir adiós con la mano, le vio levantarse y acercarse a la puerta.

—Hola, amigo —dijo Fede al abrir.

—¿Qué hace usté a estas horas?

—Esperando a un vecino que se le ha olvidao la llave y que me ha avisao por teléfono.

Este Fede era un hombre especial que había sido marino y legionario. Moreno, ágil, con un bigote recortado sobre su rostro oscuro, parecía un marroquí y era el sujeto más listo que Castro había conocido en su vida.

—No se le olvide lo de los canarios —recordó el vigilante.

—No se me olvida, no. Le estoy haciendo una jaula más bonita que el mundo. Ya verá usté.

Fede hacía de todo. Decía que en aquel bloque no entraban ni electricistas ni fontaneros; que para eso estaba él. Y decía también que lo de portero era transitorio, hasta que le dieran un piso que tenía solicitado en la barriada de Juan XXIII. «¿Y usté cree que se lo darán?», preguntaba Castro. «Sí, señor, está interesado hasta el Cardenal.» Hablaba muy de prisa, atropellándose a cada paso porque era algo tartamudo de puro nervioso, pero había en el tono de sus palabras y en su mirada una seguridad, una confianza en sí mismo que había que creerle a la fuerza.

—Mañana o pasao le enseñaré la jaula; verá usté qué bien está quedando. No le digo más sino que ya tiene enamoraos.

Lo de siempre. Era jactancioso porque podía serlo. Los ratos muertos los dedicaba a una pueril y multiforme artesanía, y lo mismo fabricaba una reja con pletinas y remaches para enmarcar un azulejo de la Macarena, que un barco mercante con todos los detalles y con lucecitas que se encienden y se apagan por dentro y por fuera. Una vez hizo un chalet como de medio metro de altura en el que no faltaba de nada, ni cristales en las ventanas, ni macetas en los balcones, ni la antena de televisión. «¿Qué va a hacer usté con eso?», le preguntó Castro. «Es para un regalo.» Castro se calló la boca y puso un gesto de extrañeza. «Ya me lo han querido comprar tres o cuatro que lo han visto, pero se lo tengo prometido a don Miguel.» «¿El médico?» Castro pensó que si a él le regalaran una cosa así no sabría dónde ponerla. Seguro que la volvería a regalar.

Le gustaba hablar con Fede porque se enteraba de muchas cosas de la vecindad y porque era portero; cuando estuvo en la Marina había conocido Pontevedra. Era la oportunidad de hablar de la tierra distante, y una noche se quedaron hasta las tantas contando Fede sus aventuras y percances gallegos. Como le echaba tanto énfasis y era hablando tan colorista, Castro le escuchaba con la boca abierta.

—Oiga usté, Fede —le dijo antes de irse—. Una noche le voy a presentar a un amigo que es guarda. A ver si lo anima un poco, porque es lo más seco y lo más triste que yo he visto en mi vida.

—Será por algo, ¿no?

—Yo creo que es de condición.

—Pues cuando usté quiera. Tiene que ser tempranito, porque yo, ahora, mientras dura lo de la calefacción, me tengo que levantar a las siete para encender la caldera.

—A ver si mañana mismo.

—De acuerdo.

Estuvo por recordarle una vez más lo del empleo, pero lo pensó mejor y se fue. Tenía que hacer la ronda de cada noche, apagando escaparates y luminosos, comprobando el cierre de las puertas metálicas.

Lo del empleo era que, una noche, hablando, hablando, se le ocurrió a Fede comentar que conocía mucho al gerente de unos grandes almacenes que iban a abrirse de un momento a otro en el centro de la ciudad. Unas galerías por todo lo alto, con siete plantas y centenares de empleados, y con un lujo como no se había visto.

Se hablaba mucho por aquellos días de estos almacenes, porque la obra, gigantesca, proseguía como las balas de día y de noche y raro era que cada mañana no apareciera un anuncio grande en los periódicos.

«Yo conozco mucho al gerente», había dicho Fede. Y Castro, entonces, le pidió, nada más que por decir algo: «¿Por qué no me recomienda usté?» Fede contestó que sí, que lo haría en seguida, cuando el gerente volviera de Madrid. «Es cuestión de unos días. A lo mejor, mañana mismo, porque él está siempre yendo y viniendo.» Y le dijo que ya había colocado a más de uno.

Podía ser verdad, porque Fede, desde la portería, por su don de gentes, por la manera especial de tratar a los vecinos, se las arreglaba como nadie y lo mismo se le veía en el bar de charla y chunga con el revendedor de lotería, que discutir de muy buenas maneras con un conde que vivía en el tercero. Pero pasaban las semanas y, aunque Castro se lo recordara más de una vez, el empleo no le venía.

Él quería de guarda de noche, o de vigilante durante el día. En un caso y en otro se encontraría mejor, trabajando bajo techo, con calefacción en el invierno, con sueldo fijo y puntos para la mujer, con retiro y con seguro de enfermedad.

Si le hubiera hecho caso a su mujer, estaría más que retirado, porque no es que tuviera un capital, no, pero sus ahorros había en el banco, y con el puesto de pipas y tabaco sacaba el matrimonio sus buenas pesetas. «El año que viene me retiro», venía diciendo desde hacía tiempo. «Tú te vienes al puesto —le decía Dolores—, que con eso hay bastante para los dos.» «Sí, pero vamos a dejar pasar este año.» Ella se quejaba de las noches a solas, sin acostumbrarse a pesar del tiempo que llevaban así. «Cualquier noche me pasa algo, ¿y qué?» «El año que viene, de verdad.»

Cuando le contó lo del empleo que podía venirle por Fede, creyó darle la gran noticia, pero Dolores se quedó como pensativa y luego movió la cabeza diciendo: «Eso se lo darán a la gente más joven». Castro se disgustó. «¿Más joven? ¿Tan viejo soy yo?» «Ya vas para viejo, ya.» «Tonterías... Precisamente estoy en la edad del guarda. ¿Tú no has visto que siempre cogen para guardas a los retiraos?» «A los guardias civiles retiraos. Pero tú no eres guardia civil.» Castro no discutió más, pero nada más que por eso se empeñó en darle en la cabeza a su mujer y sacar el empleo.

Luego pasó que, a medida que transcurrían las noches, Dolores fue tomando interés por el asunto y casi todas las mañanas le preguntaba si Fede había dicho algo nuevo.

Acera adelante, Castro sintió una punzada en la pierna mala y, al cabo de unos segundos, otra y otra más. Miró hacia arriba. Iba a cambiar el tiempo.

A Tirso le sentó muy bien que cambiara el viento. Hacía menos frío. Le hubiera gustado haberlo visto venir, presentirlo. Si en vez de estar en la obra y metido en la caseta le hubiera cogido en el campo, con sólo mirar a poniente hubiera sabido que vendría aquel airecillo blando, juguetón, de los que disfrutan buscándole tres pies al gato, de los que juguetean con las faldas.

Se apartó de la caseta y le llegaron los olores a tierra mojada. El airecillo iba dispersando en su revuelo los trocitos de lumbre de la hoguera, de lo poco que de ella quedaba. La había encendido Tirso por pura rutina, más que por calentarse por denunciar su presencia de guarda; luego resultó que con el brasero y la bombilla no hizo falta para nada.

El guarda siguió andando hasta la escalera y subió a la primera y a la segunda planta y se asomó a una de las terrazas. Nubarrones anchos, se mezclaban en su marcha agrupándose, deshaciendo vellones, arrastrándose por la negra pizarra de la noche. El aire sonaba susurrón por los ventisqueros de cemento armado.

Iba a ser una de aquellas ocasiones en que la gente se levanta con la sorpresa de que ha llovido. Alguno diría que oyó los chaparrones entre sueños y lo contaría equivocando las horas: «llovió a las dos» o «llovió a las siete». La verdad la sabía Tirso, sin trampas. Apoyada la espalda en un pilar duro y frío vio caer los primeros goterones. Al suelo le fueron saliendo lunares negros y brillantes y en menos que se dice todo quedó cubierto por el agua.

Llovía sobre la arboleda escuálida de la calle, sobre el haz blanquecino del alumbrado y, ruidosamente, en la uralita de la caseta. Al caer sobre la hoguera se elevaría un aliento de vapores entre el hervor de los leños rociados, para acabar lustrando la madera quemada.

Comenzó el chorro de los declives, el que después de ida la lluvia se quedaría en goteo rítmico, cansino sobre la plancha de hierro o sobre la superficie del charco.

Tirso miró a lo lejos. La ciudad se iba limpiando. Rebrillos en las veletas, en los picaportes de los portales, en las barandas. Corría el agua tejados abajo creando manchas transparentes en la cal de las fachadas, por los bajantes de las azoteas, por los cristales de las ventanas. Más allá, la lluvia se iría zambullendo en el río y sobre la arboleda y los arriates de los parques. Y sobre el campo. Entre los olivos, entre los naranjales, el agua sacaría verdes tiernos a las hojas y la tierra la iría embebiendo con ansias, presurosamente. Tirso recordaba el chapoteo de la tierra anegada, la tierra sedienta de agua fresca. A Tirso le llegaba el olor aquel hasta sacarle de quicio.

Había sido una noche así, de lluvia, cuando tomó la decisión de abandonar el pueblo. Caía el agua ruidosamente sobre la techumbre del chozo de los suegros. Creyó que su mujer iba a llorar a lágrima viva y se encontró con que no. Se le quedó mirando con los ojos muy abiertos, muy grandes y muy negros. Una mirada que se le quedó clavada. «Mañana mismo me ocupo del viaje.» Y ella, callada.

La lluvia le trajo más vivo el recuerdo y con ella sentía una tristeza distinta porque era melancolía más que nada y añoranza del campo, del campo que no quería para sus hijos, pero que llevaba dentro con sus mejores y peores recuerdos.

Ahora caería la lluvia en el pozo grande, en la alberca, en las acequias. Mañana no habría faena.

Se dio cuenta de que tenía los bajos del pantalón mojados, húmedos las pestañas y los labios. Reparó en que a lo mejor el agua se había colado por el motor de la hormigonera y fue bajando los escalones hasta llegar al ras de la calle. Entonces fue cuando se mojó de verdad yendo de un sitio para otro. El viento había arrancado uno de los sacos que protegían precariamente las maquinarias y hasta dar con él tuvo que llegar cerca de la acera. Lo encontró en un charco. Y junto a él una cartera de documentos.

Cuando llegó a la caseta sentía frío, y dolor en la espalda. Se quitó el capote, se envolvió en la manta y, tiritando, puso el brasero entre los tobillos. Sacó la cartera. Era de piel y tenía unas iniciales en oro: A.C. Dentro, mojados, contó doce billetes de mil pesetas.

APARECIÓ CASTRO cerca del amanecer. Se quedó mirando a su amigo y al verle con el pelo pegado a la frente le preguntó:

—¿Se ha mojao usté?

Y miró instintivamente al techo para ver si había goteras.

—Es que salí —dijo Tirso. Y rompió a toser.

Castro se sentó.

—¿Ha visto qué manera de llover?

Se quejó Tirso.

—La espalda.

—¿Le duele?

—Sí. A lo que se ve, he cogido frío.

—Eso es lo malo. ¿Tiene usté café?

—No.

—¿Quiere usté que le vaya por uno?

—No, gracias.

—¿Por qué no? A mí no me cuesta trabajo. Hay un bar americano ahí detrás, que no cierra. Echa las puertas, pero no cierra en toda la noche, ¿me entiende usté? Yo voy en un salto.

—Déjelo, Castro, no hay por qué.

Castro se levantó de nuevo y salió de la caseta. Llovía con menos fuerza y a los pocos minutos estaba el sereno otra vez allí:

—No le traigo café, sino coñac.

Sacó un botellín de los de petaca, que traía en uno de los bolsillos.

—Verá usté cómo se siente mejor. Y luego, cuando se vaya a acostar, se toma una aspirina, y remedio santo.

Bebió Tirso un buen trago. «Es un buen hombre», pensó con gratitud. «Yo no hubiera hecho eso.» Castró echó también un trago y volvió a sentarse. Hizo un movimiento como para mover el brasero, pero se contuvo.

—Qué noche, ¿eh? —dijo señalando a la puerta—. Una noche de lobos. Aquí no los hay, pero en mi tierra sí. Y ésta, ésta es la hora de los lobos, ¿lo sabía usté?

—No...

—Mi padre decía que ésta es la hora en que los lobos bajan muertos de hambre y frío. El peor momento de la noche. Es que allá hay lobos en las montañas. Los mozos le dan la batida y algunos se traen muy buenas piezas. Las pagan, ¿eh?

—Ya.

—Por aquí no hay lobos, ¿verdad?

—Hombre, por aquí no. Pero en la sierra todos los que usted quiera.

—El lobo es malo, digan lo que digan. El lobo es malo porque tiene que comer, ¿comprende usté? Por eso es malo. Claro que peor, si bien se mira, son los que matan no para comer sino por el gusto de matar. ¿No le parece?

—Desde luego.

—En mi tierra se dice que el hombre es la peor de las fieras.

—Ya ve.

—Bueno, entienda usté: no todos los hombres,

no. Pero el que sale con mala sangre es peor que los lobos y que los tigres y que las víboras.

Tirso decía que sí con la cabeza. Todo lo que el otro le decía lo había oído ya, no tenía nada de nuevo. Contestaba más que por educación por no quedarse dormido.

—Una noche fui de lobos yo también. Hacía un frío horroroso. Porque en mi tierra no es como aquí. Allá hace frío de veras. Qué frío pasé...

Nunca desde que entrara Tirso en la obra sintió tanto sueño... No tenía el cerebro para otra cosa y mucho menos para seguir la charla del amigo, entre el dolor de espalda, la soñera y el encuentro alborotador de los billetes.

El otro seguía hablando, llegó a contar la cacería, pero a su manera, fijándose tan sólo en lo menos interesante, que era lo que más extrañó siempre al guarda de la obra. Hablaba perdiéndose en detalles, con voz cansina y monótona, y así se pasó como veinte minutos. Ya Tirso, no contestaba. Se limitaba a decir que sí con la cabeza de vez en cuando, y el gesto podía pasar más bien por cabezadas que por señal de asentimiento.

Le escuchaba lo mismo que se oye en el campo el vuelo del abejorro o el rumor del motor del pozo.

Y así estuvo hasta que el sereno se levantó dispuesto, por lo visto, a irse. Tirso dejó de pensar en sus cosas y se lo quedó mirando.

—¿Se va usté?

—Sí, porque está usté malo. Ye estoy cansando.

—No, por mí no lo haga.

—Es que voy a dar una vuelta.

—¡Ah, bueno! Si es por eso...

Se oyó pasar un coche y los dos se quedaron en silencio.

—Hombre —dijo Castro—; ahora que caigo: ¿se acuerda usté del coche del otro día?

—¿Qué coche? —preguntó Tirso, y se estremeció.

—En el que iba Gloria Montilla. ¿No se acuerda usté que yo le dije que aquella era Gloria Montilla?

—Sí, hombre, ¿no me voy a acordar?

—Bueno, pues resulta, no sé si usté se habrá enterado, que tuvieron un accidente. El auto se estrelló y ahora está ella entre la vida y la muerte. Lo ha dicho la radio a mediodía.

—¿Y el otro, el que iba con ella?

—Del que iba con ella no ha dicho nada la radio. Como no lo diga la prensa... Pero si usté tiene curiosidad por saber cómo se llama, le diré que el mecánico del garaje lo conoce.

A Tirso se le había ido el sueño.

—¿Sí?

—Sí, señor. Por lo que se ve es un tío con mucho dinero. Se llama Carmona, me parece. Sí, Carmona.

—¿Antonio Carmona?

—Antonio Carmona. ¿Le conoce usté?

Afuera la lluvia seguía cayendo menuda y constante sobre la obra. Iba a amanecer dentro de muy poco. Tirso acarició la cartera en el fondo del bolsillo, tomó el botellín y bebió otro trago.

III

HABÍA SEGUIDO LLOVIENDO durante el día. Cuando Tirso despertó, se colaban por las rendijas de los tapaluces unos filos de luz más tenues que otras veces.

En el cuarto no se notaba cuándo estaba lloviendo ni cuándo hacía viento. Qué distinto del campo... Allá en el chozo, a poco que se levantara un poco de aire, y no viento, sino brisa, se le oía desde la cama mecer las hojas y frotarlas; y si era viento, mugía y silbaba como animal bravo y suelto.

En el cuarto de la fonda, lo único que se notaba del exterior era la tristeza de la luz por las rendijas y, eso sí, los ruidos de la casa que desvelaban a Tirso las más de las veces. Días atrás le dio a un niño en el piso de arriba por jugar a la pelota y a cada bote retumbaba el techo: bum, bum, bum... Llegó a quejarse, pero pasaba lo mismo que con el taller de abajo, que nadie tenía la culpa de que durmiera al revés de todo el mundo. La madre decía que el niño no podía quedarse quieto: «Verá usté si con la edad que tiene le vamos a tener amarrao en un rincón.» Él insistió débilmente: «No, si ya me hago cargo. Es sólo mientras cojo el sueño». Tuvieron cuidado algunos días, pero en seguida volvieron si no los botes, los golpes y los llantos del crío a alborotar al guarda.

Todo era cuestión de la primera hora. Si el sueño entraba de firme, no había cuidado, porque ni el niño ni la radio de al lado ni la de abajo, ni el ruido del taller le estorbaban para nada. Pero ¿y cuando empezaba la radio con los concursos? Salía una vocecilla gangosa diciendo ocurrencias por teléfono, seguía la réplica barroca, lenta y sonora del locutor, se establecía un diálogo a gritos y, en seguida, un cuplé o una canción con su guirigay con más gritos todavía. Y vuelta a empezar.

Lo malo era como aquella mañana, que le cogiera el cuerpo dolorido y la cabeza revuelta con los pensamientos que le iban y venían. Entre unas cosas y otras, durmió casi nada y se encontraba rendido.

A los pies de la cama tenía el periódico. Nunca hasta aquel día se le había ocurrido comprarlo y más de media hora se pasó leyendo y buscando la noticia, porque le resultaba fatigoso entenderse con las letras. En el diario se hablaba de que la

Montilla estaba grave en una clínica, pero del acompañante, ni palabra.

Tirso tentó con la mano debajo de la almohada la cartera arrugada, húmeda aún, sin más papeles que los billetes de mil pesetas. La dejó allí. No se atrevió a verla de nuevo.

«Antoñito Carmona... ¿De modo que ése es Antoñito Carmona?»

Se pasó la lengua por los resecos labios. «Debo de tener calentura», pensó, pero no estaba seguro si era del remojón o de los nervios. Y se quedó tumbado, sin abrir la ventana ni comer ni llamar a nadie.

Estaba recogiendo patatas en la Huerta Grande cuando oyó un disparo de escopeta. Había una luz muy clara muy viva en el poniente amarillo. Levantó la vista y vio entre los olivos a un hombre alto, de espaldas, que se alejaba junto a Pepe Lora, el amo de la finca. En el tajo estaba también Gumersindo el de la Marta, enteco, casi negro y tan estrecho y bajo de cuerpo que se libró de ir a filas. Dijo Gumersindo: «Hijo de su madre. Tira como nadie. Le ha dao a una torcaz en pleno vuelo». «¿Quién?» «Antoñito Carmona.» «¿Ése es Antoñito Carmona?»

No le vio más ni por la finca ni por el pueblo, pero siguió oyendo hablar de él a cada paso. Se decía que más de un muchacho hijo de sus braceros estaban colocados en Sevilla o estudiando por cuenta suya. Se comentó mucho que en Espartinas, donde tenía el cortijo, donó un terreno, para una Escuela de Formación Profesional y que en el periódico salió junto al Cardenal Arzobispo y junto al Gobernador Civil. Decían que hacía mucho por la gente, pero, amigo, también hacía por las mozas, y como era muy charrán y muy bien parecido y le sobraban las pesetas, el asunto de faldas se le daba de maravillas.

Una mañana encontraron al Bengala llorando en un banco de la plaza. La gente no le tomaba en serio porque el Bengala era majarón perdido, que movía a risa con sus ocurrencias. A los cuarenta y pico de años todavía quería ser torero y salía de su casa haciendo el paseíllo con un viejo capote, pasaba por la calle Real y se plantaba en la explanada de la Feria. Allí se hartaba de dar verónicas al aire, jaleándose él mismo, y luego se sentaba a la vera de la tapia como había visto hacer a los maletillas, para pedir una oportunidad. Al Bengala le venía el mote y la chaladura de su padre y no se le podía tomar en serio, pero aquella mañana la insistencia del llanto fue apagando la guasa, y las mujeres que salían del mercado se acercaron a ver qué le pasaba. La mujer del practicante se dio cuenta de que el Bengala tenía en sus manos dinero. Le hicieron preguntas, pero ni salió de su gimoteo ni soltó prenda. Horas después se supo que Lucía, la hermana del Bengala, había huido del pueblo con lo puesto. Hubo comentario para muchos días porque la muchacha, bonita y de buen temple, nunca dio que hablar. Luego, lo que pasa, atando cabos, salió a relucir el nombre de Antoñito Carmona. Nadie se preocupó de desmentirlo.

CALCULÓ QUE SERÍAN las cuatro de la tarde. Tirso se incorporó y empezó a vestirse. Abrió el portaluz. Nubes plomizas entoldaban el patinillo dejando la habitación casi en penumbra. Recogió la cartera y la guardó en el bolsillo interior de la chaqueta. Aún estuvo un rato sin saber qué hacer, si salir o no salir, porque le dolía la espalda y tenía como mareos. Se acercó al espejo del lavabo. Tenía mala cara, con barba crecida y ojeras. Aprensivo que era siempre, estaba que no vivía de temores. ¿Y si le daba un calenturón durante la noche, en la caseta?

Llamaron a la puerta y se sobresaltó.

Descorrió el cerrojo y apareció en el umbral la figura llena y jovial de Remedios, la criada de la fonda.

—Se le han pegao las sábanas, ¿no?

—Es que no me encuentro bien. Anoche me cayó mucha agua encima y he cogido un dolor aquí, que estoy baldao.

—¿Y por qué no ha avisao usté? Le hubiera traído algo.

—Tengo fiebre.

Remedios se le acercó y le puso la mano, fría, en la frente.

—¿Y va a salir usté a trabajar esta noche?

—A ver si no...

—Usté lo que necesita es una aspirina ahora mismo.

Sentía gran simpatía por la muchacha. Tendría ella los dieciocho años, era regordeta, confianzuda y unos ojos claros muy pícaros y muy alegres. Siempre estaba dispuesta a entablar conversación y a veces se arrimaba más de la cuenta, pero como quien no repara en ello. Lo notó desde el día en que llegó a la fonda, recomendado por Florencio, otro de los que se vinieron del pueblo. Mientras le arreglaba el cuarto, Florencio dijo a la muchacha que cuidara bien de su paisano, como en broma, pero el caso es que se le veía con ganas de cumplir el encargo.

Volvió Tirso a sentarse a los pies de la cama revuelta y acabó tendiéndose de nuevo en busca de alivio.

Cuando pasaron unos minutos, Remedios volvió

a aparecer con un vaso de café con leche y una aspirina.

—Esto le pondrá bueno. Y si no, se queda usté acostao, que es lo mejor. Yo se lo digo a don José y se le trae lo que sea.

Se incorporó Tirso y se encontró a la moza, que casi le rozaba. Estuvo por cogerla por la cadera, pero se estuvo quieto porque no podía con su alma.

Tomó la pastilla con el café.

—Gracias.

—No hay de qué. Nos tenemos que ayudar. Si los pobres no nos ayudamos, ¿qué pasa?

Tirso se volvió a estremecer al oír lo de pobre y al recordar el dinero que llevaba encima. Si ella supiera que llevaba doce mil pesetas en el bolsillo... «Doce mil pesetas no sacan de pobre, pero es tan raro que se tengan...» Estuvo por decírselo. Un deseo absurdo, una imprudencia tonta pero que sintió como si fuera una necesidad. «Mira, ¿ves? Tengo esto, y esto, y esto: cuenta. Son doce mil pesetas. ¿A que tú no te lo esperabas?» Fue una especie de torbellino mental, a lo mejor unas ganas de liberarse del secreto delito.

—Usté está necesitao de cariño, más que nada. ¿A que sí?

—Verdad.

Remedios recogió el vaso y se fue hacia la puerta y desde allí se volvió de nuevo.

—Hay que ver la vida.

—Sí.

—Bueno, ¿se va a quedar usté en la cama? Yo, para arreglarle el cuarto.

—No, no. Me voy ahora mismo.

—Pero, hombre, si está usté malo, ¿por qué no hace como todo el mundo? Avisa, se queda en la cama y mañana será otro día.

Pensaba él que era la ciudad lo que le acobardaba y que allí no tenía el valor ni el derecho de quedarse enfermo. Pero siempre había sido igual y bien que se lo repetía su mujer: «Cualquiera es más aprovechao que tú». Era verdad: cualquiera. Los demás sabían bandearse, salir de apuros, faltar cuando llegaba el caso.

—Ya me encuentro mejor.

—¿De verdad?

—De verdad.

—Más vale así.

Se marchó por fin Remedios, y Tirso volvió a tumbarse en la cama y a darle trabajo a la imaginación, mezclando recuerdos con aprensiones, sin saber qué hacer con el dinero. Era un volver a lo mismo porque se había pasado horas sin tomar una determinación. No sabía si devolver la cartera vacía, si tirarla a un buzón dentro de un sobre, si quedarse con la mitad o si entregarla a la Guardia Civil tal como llegó a sus manos. A lo mejor, le gratificaban. Y a lo mejor se liaban a preguntas para sacarle si las había robado o no. Doce mil pesetas de Antoñito Carmona... ¿Cuántos billetes como aquéllos le sobrarían a Antoñito Carmona?

Encendió un cigarrillo y le sentó mal. Tosió, le dolió más la cabeza y la espalda. «Tengo el estómago vacío. Debiera haber comido algo con el café con leche.»

La soledad siempre. Podía estar una hora o dos o las que fuera tumbado en la cama, encerrado en la habitación, que no vendría nadie a verle. De no ser Remedios, nadie.

Una vez tuvo una visita, que llegó y en seguida se fue. La del cura del pueblo, que se presentó a mediodía, hacía como un mes poco más o menos. «¿Cómo ha dao usté conmigo?», le preguntó Tirso extrañado. «Lola me dio tu dirección para que viniera a verte.» «¿Y cómo están por allí?» «Todos están bien. Pero en cuanto veas la manera de traértelos, ve por ellos.» «Es difícil.» «Sí, si ya lo sé. Lo que te digo es que te los traigas a la primera ocasión que encuentres. No es bueno que estés separado de los tuyos.» Ya sabía él que no era bueno, pero cargar con la familia, sólo podría hacerlo de contar con un piso. Solicitar uno en el Sindicato o en el Patronato de Casas Baratas, pero ¿qué le darían a él? En la ciudad no le conocía nadie y había miles que buscaban lo mismo. Florencio, que tenía, siempre se había dicho, más suerte que un quebrado, se las arregló para que le dieran uno, pero legiones de familias seguían malviviendo en refugios o entre las paredes resquebrajadas de casas a punto de desplomarse. «¿Por qué no hablas con Pepe Lora?» Tirso dijo que ya lo había molestado una vez y que demasiado había hecho.

Quien lo hubiera arreglado, seguro, era Antoñito Carmona. Cuando Tirso quiso venirse del pueblo, fue a ver a Pepe Lora, el amo de la finca donde tantos años estuvo trabajando. «Eso quien te lo arregla es don Antonio Carmona.» «Yo no le conozco.» «No te preocupes, yo hablaré con él.» Tirso no insistió, convencido de que Lora no movería un dedo por él. Sabía que era campechano, hasta zalamero, pero que a la hora de la verdad sólo iba a su avío. Por eso fue una sorpresa que al día siguiente le mandara llamar y le entregara un sobre. «Tú sabes leer, ¿no?» «Sí, señor.» «Pues te vas a la dirección que tienes ahí y te presentas, que te darán trabajo.» La carta era de Antoñito Carmona.

SALIÓ AL ANOCHECER. No hacía frío, sino una humedad densa, pegajosa, flotando en el aire quieto de la tarde. Por las calles estrechas de adoquines brillantes y desiguales, fue andando camino de la Puerta de la Carne, donde solía comer en un local que por lo menos estaba limpio. Se lo había recomendado Florencio: «Mira, éste no es el Riviera, pero si te sacas un abono te cuesta poco y te quedas más que harto».

Se sentó donde siempre, frente a un cartel de la Sociedad Española de Explosivos, enmarcado en negro. Se lo sabía de memoria de tanto mirarlo. Se veía en él a una mujer muy morena, con un pañuelo en la cabeza y una cesta de fruta en los brazos. Una blusa blanca contorneaba el perfil del busto y lindaba con una amplia falda de color granate. El rostro, vuelto al frente, cansino, como si la modelo estuviera más que harta de posar. Tirso se quedaba mirándola sin meterse en cavilaciones sobre quién sería ella ni si estaría viva o muerta. Le gustaba, y en paz. Más allá, cerca del mostrador, había otro cartel mucho más brillante de colorido con una muchacha en bañador tendida sobre la arena y con una botella de refresco en la mano. Tenía que estar pasándolo en grande porque en su sonrisa amplia y feliz mostraba unos dientes blanquísimos. Era guapa, joven y alegre, tenía tipo de artista de cine y enseñaba casi todo el cuerpo; pero, lo que son las cosas, le atraía menos que la morenucha tristona del cuadro que tenía enfrente. Si le preguntaran por qué, no lo sabría decir, como tampoco explicar si le recordaba o no a alguien conocido.

Le trajeron un guiso, boquerones fritos, queso

y una naranja. Y vino tinto. No tenía muchas ganas, pero comió pensando que la noche es larga. Luego se quedó pensando si pedir o no un café con coñac. Dinero tenía. Doce mil pesetas, todavía apretadas las unas con las otras, húmedas, en la cartera escondida. Podía pedir coñac del mejor, ¿por qué no? Y cuando el camarero se le quedara mirando sin saber qué partido tomar, sacaría el primero de los billetes, sin ostentación, sin darle la menor importancia. Y le diría, como había visto en el cine: «Ah, y un puro, pero que sea de los mejores que haya».

Lo que sí pidió fue un bocadillo y luego, después que hubo pagado, se acercó al mostrador y compró un botellín de coñac como el que llevó Castro a la caseta.

Algunas veces se iba para la obra andando, para ahorrar y estirar las piernas. Parece que no, pero en la ciudad, con lo grande que es, se anda muy poco. En el campo, Tirso —ahora caía en la cuenta— se pasaba el día dando caminatas, que si del chozo a la finca, que si de la finca al pueblo, ahora a las estacas, ahora a las viñas o a los naranjos. Pero, aquella tarde, Tirso se subió al autobús. Tenía dinero. Doce mil pesetas. Y además estaba enfermo con un dolor en la espalda y unos latidos en las sienes como si le fuera a venir la fiebre de un momento a otro.

Seguía el cielo encapotado, queriendo volver a

llover, y ya se habían encendido las luces de las calles. Tirso creyó que antes de tiempo, pero al llegar a la obra se encontró con que era más tarde de lo que pensaba.

Tenía el cielo una luz escarlata casi violeta que destacaba las líneas negras de la armazón de cemento y que se reflejaba en los charcos. Al llegar a la caseta, Tirso vio que dentro estaba el pesado de Aldana, el peón, el de la dentadura descomunal.

—Creímos que te había pasado algo.

—Anoche que cogí frío.

—No será ná.

—No creas. He tenido fiebre.

Fue dejando en la caseta el botellín y el bocadillo, buscó la lata de conservas y el cartucho de cisco y los sacó para encender el brasero.

—Bueno, entonces, ¿qué? Te dejo, ¿no?

—Tú verás.

—Es que yo me iba a quedar si tú no venías. Pero viniendo...

—Que sí, hombre, que sí.

—El maestro creyó que estabas malo. Como tardabas me dijo que me quedara, por si no venías.

Tirso dejó de atenderle. Vació las cenizas de la lata, la llenó de carboncillo, buscó un papel, lo estrujó encima y le prendió fuego. Empezó a aventarlo y, cuando se dio cuenta, estaba canturreando. El Aldana seguía sin acabar de irse, plantado delante y mirando la caseta como si fuera a roerla con sus tremendos dientes. Le gastaban bromas en la obra. Le decían: «Desde luego, si fueras polilla acababas con los andamios en menos que se dice». Y él se reía también.

A poco la superficie del brasero se fue llenando de puntos rojizos que despedían chispas al ser aventadas. Un tufo espeso le llegaba a Tirso a las narices y a los ojos, pero seguía dale que dale hasta que vio que la cara superior era un disco granulado y caliente, todo rojo.

—Lo que voy a hacer es marcharme cuanto antes —dijo Aldana.

—Es lo mejor.

—Es que...

—Adiós.

—Ea, pues te dejo. Que no sea nada.

Se fue y Tirso se metió en la caseta, buscó el capote, desdobló luego la manta, la puso a un lado, cerca de donde solía sentarse, y encendió un cigarrillo.

Había llegado la noche, la que oculta detalles, desdibuja contornos y crea visiones. Enfrente, la cafetería, llena de luz y llena de público. Dentro de poco, una de las camareras, la rubia, terminaría su turno y se iría en una moto con el novio. Ya estaría Castro viendo la televisión. Un taxi se detuvo ante uno de los bloques y en seguida siguió su marcha con una lucecita verde cerca del techo.

Nada nuevo. ¿Nada nuevo? Tirso se sentía absurdamente rico, consciente de que el dinero que llevaba ni le sacaba de pobre ni era suyo, pero con la seguridad de quien lleva lo suficiente para decir en un momento determinado: «Aquí estoy yo».

Llegó Castro más temprano que otras veces.

—¿Qué, cómo va ese valor?

—Regular nada más.

—Le traigo esto.

Era un termo.

—¿Qué es eso?

—Café. Como supongo que usté no se habrá ocupao, se lo he traído yo. Esta noche le puede venir bien. Póngalo usté por ahí y mañana me lo devuelve.

Se despidió inmediatamente, y Tirso se quedó con las ganas de haberle dado las gracias. «Qué buen hombre es ese Castro», pensó, y sin esperar más desenroscó el tapón y se sirvió unos sorbos que le sentaron más bien que nada. Encendió otro cigarrillo, se acomodó en el asiento y entornó los ojos. Aquella noche no haría ninguna ronda. Si querían robar, que robaran. Se acordó de lo que le soltó Castro una vez que él le hablaba de sus temores: «Pero ¿quién le va a robar, criatura? Ni que esto fuera la Joyería Reyes...»

Con tal que no le robaran la cartera...

Le fue aumentando el sopor. Sentía el resuello caliente y un malestar cada vez mayor por todo el cuerpo dolorido. Le pesaban los párpados. «Me dormiré. Estoy seguro.» Y echó más de menos que nunca el colchón de borra o de paja que tienen otros guardas.

Y como la fiebre pudo más, se fue engolosinando con la idea del colchón hasta imaginarse caminando por esas calles con uno sobre las espaldas. Llegó a sentirlo tan propiamente que le parecía de verdad. Era un colchón grueso, blando como masa de pan antes de la cochura, pesado, tan grande que se ceñía a su cabeza hasta estorbarle la vista, hasta llegar a las piernas. Con el colchón a cuestas bamboleando sobre la espalda y sobre las rodillas, caminaba dando pasos torpes de borracho, cada vez más inseguros y cada vez más torpes. A cada intento de paso, el colchón crecía de tal modo que no le dejaba moverse, que le asfixiaba con su blandura caliente. Iba a caer de bruces porque el mismo suelo era borra también, con guedejas que se le enredaban en los tobillos. Rodó a un lado y a otro. Estaba en una cama, en un hospital blanco y gris de paredes caldeadas. Oía un rumor impreciso, creciente, que se le metía como algodones sonoros por los oídos.

Despertó sobresaltado. Tenía la frente y el cuerpo todo cubierto de sudor y el pecho jadeante.

Con las dos manos en las rodillas, inmóvil, los ojos abiertos y febriles, se quedó mirando a la puerta. Tenía miedo. No quería volver a dormir. Le temía horriblemente a las pesadillas desde aquella vez que tuvo tantas, años atrás, cuando estuvo enfermo y llegó a creer que se moría o que iría a parar en la locura.

«Es mejor que me levante.» Hizo un esfuerzo y se puso de pie. Sintió cómo se escurrían gotas de sudor por su cintura. «No debería haber venido.» En cuanto fuera de día, pediría la baja.

Pensando que era lo mejor para no dormirse de nuevo, Tirso avanzó hacia la puerta y salió de la caseta. La noche estaba de buen temple, pero el aire libre le envolvió y le taladró de arriba abajo. Esquivando los charcos llegó hasta la acera y se plantó junto a la farola.

Con la boina ajustada hasta las cejas y el capote viejo y raído que le llegaba hasta cerca de los pies, tenía una facha extraña, inquietante, que desentonaba con la gente bien vestida que pasaba por la calle. Por eso se le quedaban mirando, con curiosidad; a lo mejor, con inquietud, porque tenía la pinta extravagante de un fugitivo de guerra. De esa guerra que hay siempre en cualquier parte del mundo, o más bien de la guerra española. Había en él mucho de resucitado de la contienda. Como si fuera la aparición inesperada y molesta del soldado desconocido, del combatiente a quien ya, a estas alturas, nadie echa de menos en ninguna parte. Con la barba crecida y los ojos febriles, como de alucinado, como de testigo tremendo de otros tiempos, con las ojeras y el polvo cubriendo su estatura, a la luz cruda de la farola, debió de inquietar a más de uno. Era el esperpento vivo que hace interrumpir la charla, que provoca el «Jesús» del sobresalto, que se cuela de rondón en las pupilas como imagen agresiva de puro inesperada.

Parecía sábado. Debía de ser por la buena temperatura que había traído la lluvia de la noche anterior. A lo mejor, era víspera de alguna fiesta. A Tirso se le iban las fiestas sin enterarse, siempre al pie de su tarea, durmiendo de día, trabajando de noche. La fiesta le llegaba de lejos, sin rozarle siquiera, enterándose de ella cuando estaba vencida la tarde.

Como si se hubiesen puesto de acuerdo los del barrio, habían salido todos para dar un paseo, bullir en charlas y en risas, entrar en la cafetería, hacer el gasto, pasarlo bien. Iban y venían por la acera y por la de enfrente en desfile despreocupado de hombres y mujeres, que casi mareaba al guarda. Rostros que se volvían a mirarle, carcajadas, ojos sorprendidos, miradas burlonas, trajes bien cortados, vestidos caros, mujeres bien peinadas, gentes que sabían vivir al menos por unas horas.

Pasaron unos jóvenes batiendo palmas, como si vinieran de la Feria. Pasó un matrimonio —volvieron la cara para mirarle—, él con gabardina clara, ella con un abrigo rojo violento y unas piernas bonitas envueltas en medias de mallas. Y otra pareja, los dos muy jóvenes, con los cabellos largos, los rostros juntos, que caminaban ajenos al mundo, abrazados por la cintura. Tirso no los perdió de vista hasta que doblaron la esquina, pendiente de si resbalaba o no la mano del mozo. Vio también muchachas solas, muy decididas, muy jóvenes, muy desenvueltas. Y jóvenes solos, con la cabellera, por lo general, cuidadosamente despeinada. Gesticulaban, chillaban y tenían ademanes que daban que pensar. En eso, Castro podía tener razón. «Parecen maricas, pero si usted se fija, resulta que no», solía decir el sereno. «Puede que sean los nuevos modos», contestó una vez Tirso. «Yo no digo que no. Pero para mí que están afeminaos. Por eso van como van.»

Tirso pensaba en sus hijos, pero no se preocupaba demasiado del problema de las apariencias. Seguía creyendo que era verdad lo que se decía en el pueblo: que en la capital hay de todo. En el pueblo es distinto. Allí, maricas de verdad no hay más que Clavelito, el que vende colonias, y Juanito Treno, que son para el arrastre. Pero en la capital hay tanto personal, hay tantos barrios distintos y lejanos unos de otros, hay tanta libertad de costumbres, que pasa lo que pasa. Cada cual es hijo de su padre y su madre y sale como le echaron al mundo. Tirso le daba vueltas a este aspecto porque así entretenía muchas horas de sus vigilias. Y porque la soledad despierta toda clase de curiosidades.

Un coche grande aparcó en la cafetería. Tuvo que maniobrar un buen rato, porque no cabía bien entre los que ya estaban aparcados. Tirso vio salir a cuatro hombres y dos mujeres. Ellos eran altos. «Americanos, no hay más que verlos», reconoció. Ellas serían dos fulanitas que corrían la juerga al amor de los dólares. Entraron en la cafetería y Tirso los perdió de vista. «Esta gente vive porque tiene dinero.»

Él también tenía dinero. Doce mil pesetas, doce billetes aplastados, todavía húmedos, en el fondo de la cartera. Una pequeña fortuna que le soliviantaba y sumía en perplejidades. Si él fuera listo... Y con la fiebre y el no poder casi permanecer de pie, le aumentó su congoja, esa tristura insana que se resolvía inevitablemente recreándose en su amargura. Venía a ser como un goce al hurgar en la llaga, lamentando no servir como servían los demás, para resolver sus problemas. ¿Qué haría otro con doce mil pesetas? A lo mejor darse un garbeo por el pueblo, entrar avasallando, hablar en voz alta, reír, gastar, invitar... Aunque le duraran dos días, pasarlo en grande al menos una vez en la vida. Sacarse la espina de la pobreza, de los fracasos. «Si fuera Florencio, con lo vivo que es... No; Florencio haría otra cosa, porque es hombre que sabe desenvolverse. A éste le das doce y las convierte en veinticuatro en menos que se dice.» Florencio servía para negocios porque era listo y las cogía al vuelo. Él, en cambio, no valía ni para negocios ni para gastarlo así como así.

Desde la noche anterior venía pensando en lo mismo. «Si cogiera mañana el autobús y me plantara en el pueblo... Allí sacaba la cartera y diría: "¿Cuánto es debe?" Si yo... Si...» Pero no hilvanaba el plan del todo, porque en seguida se atascaba en la consideración de los riesgos. Podían preguntarle de dónde le llegó el dinero. ¿De la lotería? ¿De las quinielas? Podía pensarlo despacio, preparar la respuesta, aprenderse bien cuanto tenía que decir. Y sin embargo, bien sabía, tan desconfiado de sí mismo, que tarde o temprano se le iría la lengua con alguien. A lo mejor detrás de unos vasos de vino. ¿Y si le pasaba lo mismo que a Lucas? El Lucas robó años atrás y la Guardia Civil le hizo confesar en cuanto le echó mano. La Guardia Civil está para eso. Con los de los tricornios no hay bromas. «¿De dónde sacó ese dinero?» «De la lotería.» «¿Dónde compró la lotería?» «¿Cuánto se gastó?» «¿Recuerda el número?» Y de allí a la cárcel.

«¿Cuántos billetes como éste le sobran a Antoñito Carmona?» Seguramente muchos. Con sólo lo que gastaba en viajes y en juergas, en mujeres; los trajes, los convites, las joyas...

Estaba exaltado, con la imaginación alborotándole más que nunca por aquello de la fiebre. Si él fuera listo, si tuviera valor, si fuera hombre de verdad... No había tomado más que una resolución en su vida y bien que le pesaba, que fue irse del pueblo por despecho. Si no se hubiera ido... Y otra vez los billetes, como dándole saltos en el pecho.

Dando tumbos, casi igual que en la pesadilla, Tirso echó a andar hacia la caseta, se dejó caer en el asiento y buscó el coñac del botellín.

El suegro —Mojama por mal nombre— había cogido el transistor por su cuenta y andaba dale que dale pasando de Radio Sevilla a las otras, en busca de cante flamenco. Estaba el sol en lo alto y la comida en la mesa cuando Tirso llegó del pueblo. Ya estaba preparada la maleta, cerrada y atada con una correa encima de su cama.

Al entrar, Mojama apagó la música y todos los ojos se quedaron fijos en el que se iba a la capital. Fue una comida apresurada, silenciosa, sin comentarios ni gimoteos. El único que dijo algo sobre el asunto fue Felipe, el cuñado. Sin mirarle, comentó: «Ya echarás esto de menos. Y, si no, al tiempo». Tirso iba a contestar que se las arreglaría para salir adelante, pero en aquel momento le entró miedo de lo que iba a hacer y se quedó callado. «Luego vendrá el paro y a lo mejor entonces es cuando se te ocurre volver», remachó Felipe.

Los niños alborotaron discutiendo por naderías y la madre los quitó de en medio. Volvieron a quedar en silencio. Fuera, el coro de las chicharras encrespaba el aire del huertecillo. Ladró el perro porque pasaría un ciclista a la vera misma de la cancela. Tirso ofreció tabaco. «¿A qué hora sales?», preguntó Mojama. «A las tres y media.»

Fue un rato denso por lo silencioso. Tirso adivinaba que detrás de tanto mutismo había torrentes de comentarios a sus espaldas.

Por la mañana, al pasar junto a la cocina, oyó decir al Mojama: «Ya volverá. No te preocupes». Y añadió: «Y pronto». Se lo decía a Lola. Lo que ella contestó, si llegó por lo menos a llorar aunque fuera a escondidas, no lo supo. Si Lola le hubiese dicho algo... Era lo único que le hubiera retenido; ni siquiera los hijos, ni siquiera el miedo a arrancarse de su mundo. Sólo unas palabras, unas lágrimas de la mujer. Pero Lola ni lloró ni soltó una palabra de reproche. Bien presentía él lo que se jugaba. Se lo habían dicho en la finca, en el pueblo, en el camino. Y más bien lo sabía ahora, al cabo de los meses, porque a la soledad y al trabajo, que no le iban, se le añadieron las noticias del pueblo, que no eran ciertamente buenas. Docenas y docenas de hombres como robles tomaban el sol en la plaza en espera de que los contrataran. Braceros sin trabajo, con el alma mustia hablando del paro porque en las fincas grandes todo estaba resuelto con las maquinarias y con muy poco personal. El campo es así mientras no sea de otra manera.

SE PRESENTÓ CASTRO, acompañado de Fede. Venía el portero no de uniforme, sino con el traje azul marino con rayas blancas bien planchado y cepillado, corbata roja como de torero y los picos de un pañuelo, también rojo, asomando por el bolsillo superior de la chaqueta.

—¿Se puede pasar? —solicitó el sereno.

—Adelante.

Entraron los dos y Castro hizo las presentaciones.

—Le traigo a un amigo. Éste es Fede, del que le he hablao muchas veces.

Tirso se le quedó mirando y no movió los labios. Se había imaginado al portero con otra pinta, más gordo, con más cara del oficio.

—Venimos a echar un rato con usté —dijo Castro.

—Sentarse.

—Aquí, el amigo —explicó Castro al portero—, está algo malucho. Anoche salió a dar un vistazo cuando llovía y no quiera usté saber cómo se puso.

—Eso es malo —reconoció Fede—. Y de noche más. ¿L'a dao usté fiebre?

—Sí —contestó Tirso—. Tengo el cuerpo como si me hubieran dao una paliza.

Castro encontró dos asientos y se organizó la inesperada tertulia inmediatamente.

—¿A usté no le importa sentarse aquí? —dijo Castro a Fede.

—¿A mí? ¿Por qué?

—Por el traje.

—Eso se arregla ya mismo.

Y tendió sobre el cajón de madera que le ofrecían un pañuelo blanco sobre el que se sentó cuidadosamente.

Tirso enseñó el botellín de coñac.

—¿Quieren ustedes un trago? Es lo único que puedo ofrecerles.

—No, gracias —contestó el sereno.

—Eso le viene a usté bien para el enfriamiento —rechazó Fede.

—Hay para todos.

—No, es que yo no gasto. A mí que me den vino del que sea; es un decir, vamos. Pero con el coñac no puedo. Ni con el coñac, ni con el anís, ni con ningún licor. Me sientan como un tiro.

En vista de las negativas, Tirso decidió despacharse solo y, empinando el botellín, tomó un trago prolongado.

—Usté tiene buen gaznate, maestro —comentó Fede con una sonrisa.

—La costumbre —mintió Tirso.

Encendieron cigarrillos.

—¿Qué? —se interesó Castro—. ¿Cómo le va la salud?

—Mal, mal. Hace un rato se me fue la cabeza y tuve que salir al fresco.

—¿No será que se atufa usté con el brasero?

—No. Porque fuera me sentí peor.

—Lo que debiera haber hecho es quedarse en la cama.

Era verdad. Pensó Tirso que a esas horas no estaría mejor en otro sitio que en la habitación de la fonda. Entre sábanas, con la cabeza en la almohada. Remedios le habría llevado de comer, seguro, y le haría compañía. De aquí se le fue la imaginación disparada hacia la moza y casi la sintió a su vera, haciéndole zalemas, cuidándole mejor que nadie.

Castro miró hacia la calle.

—Ya salen ésos. ¿No se lo decía yo?

Fede volvió la cabeza y Tirso miró entre los dos hombres hacia la cafetería. Los americanos salían ya con las furcias, pero no se acercaron al coche, sino que siguieron acera arriba hasta que entraron en un portal.

—Ya está —dijo Fede.

Castro se volvió a Tirso y comentó:

—¿Usté no sabe que en el séptimo hay una casa de citas?

Tirso no lo sabía, pero dijo que sí con la cabeza.

—Para los americanos —precisó Fede.

—Para los americanos y para los de aquí —rectificó Castro.

—Desde luego que sí —dijo Tirso dándoselas de enterado.

—Hay que ver la de trajines que hay en este barrio... —comentó el portero—. En mi calle hay dos o tres casas.

—Hombre, eso quien lo sabe soy yo —dijo Castro—. Y es que si yo no lo sé, usté verá...

—Es natural —asintió Tirso.

—Y después la de sorpresas que se llevaría la gente si supiera...

—¿Si supieran qué? —preguntó Tirso, que empezaba a animarse.

—¿Qué va a ser? La gente que anda metida en líos.

Terció Fede:

—Eso vamos a dejarlo. Porque usté sabrá lo que pasa de noche, pero de día, ¿qué me dice? De eso sé yo más que usté un rato. Le podría yo contar todo lo que usté quiera.

Castro torció el gesto, así como si dijera «¿para qué vamos a discutir?» Y no se habló más del tema.

Tirso, nuevamente contrariado, se bebió otro

golpe de coñac tan largo como el anterior. «Éste se emborracha», pensó Castro.

—No sé cómo puede usté.

—Pues ya lo ve.

Tirso sintió repentino calor y se despojó del capote. Los ojos le brillaban y empezó a sonreír torpemente.

Castro se arrimó todavía más al brasero, del que se había ido apoderando durante la charla, dándole golpecitos con el pie hasta tenerlo lo más cerca posible. Tirso, que no le quitaba ojo, le advirtió:

—Se va usté a quemar.

—¿Quién? ¿Yo? ¿Por qué?

Tirso soltó la risa. Una casi carcajada amarga, rara, de extraño eco. Sentía ganas de chunga, porque el coñac le corría por las venas y le enturbiaba el cerebro. Sabía que se estaba emborrachando.

—¿De qué se ríe usté? —preguntó Castro amoscado.

—De nada, de que estoy contento.

Era una risa estúpida, que le iba liberando de sus amarguras de siempre. Miraba a Castro, le veía confusamente en su mirada turbia y le entraba risa: eso era todo. Se sentía de verdad contento de tenerlo allí, de sus atenciones, de su compañía. El gallego era hombre capaz de no dejarle morir si llegaba el caso. Y como Tirso se daba cuenta de que Castro pensaba que era cosa de chungueo, le entraba más risa todavía, sin poderlo remediar.

Le caía bien para el ánimo, no había más que verlo, el alcohol que ya le corría por la sangre. Se había dado cuenta y decidió dar un paso más, pasara lo que pasara. Volvió a sacar el botellín, y, sin dejar de mirar al sereno, se lo llevó a los labios.

—Cuidao, Tirso —previno Castro—. Cuidao, que la coge usté.

—Una noche es una noche.

Bebió hasta apurar el botellín.

Pájaros invisibles aleteaban por su interior, prestándole ganas como de volar, de salir por las ventanas de los ojos y flotar alrededor de la bombilla. «Como una palomita de la luz», pensó. Miró a la bombilla y le dolieron los ojos. Luego movió la cabeza de un lado para otro y dijo:

—Castro...

La voz le resonaba rara por los adentros.

—¿Qué?

Prosiguió dificultosamente, la lengua torpe y la voz opaca:

—¿A usté le gustaría ser palomita de la luz?

Tenía las manos hundidas en los bolsillos del pantalón y las piernas estiradas.

Fede intervino:

—Este hombre no debe beber más. No está acostumbrao.

Tirso echó hacia atrás la cabeza, miró al portero y contestó:

—¿Por qué lo sabe usté?

—Habría que darle un café solo —añadió el portero.

Tirso sacó una de las manos del bolsillo y señaló hacia la mesilla, donde estaba el termo.

—Ahí está el café. —Y acercando el rostro a Fede dijo gravemente—: ¿Sabe usté por qué tengo café? —Arrastraba las palabras y sentía la lengua como si fuera un cartón—. Porque me lo ha traído un amigo. Éste. Éste es un buen amigo mío. Un buen hombre y un buen amigo mío.

Sorbió ruidosamente con la nariz y los ojos se le llenaron de lágrimas.

—Dele usté café —dijo Fede al sereno.

—Eso es café con leche —contestó Castro—. Será mejor que vaya por uno solo a la cafetería. ¿Por qué no se queda usté un momento mientras yo me alargo en un salto?

—¿Quiere usté que vaya yo?

Fue el sereno. Salió lentamente de la caseta, miró hacia arriba como acostumbraba hacer, a ver qué tiempo se traía el aire de las veletas, y se dirigió a la acera. Mientras llegaba vio dos sombras que se dirigían a la obra y continuó sin perderlos de vista. Los dos, jóvenes; él con el brazo sobre el hombro de ella. «Si los viera Tirso, creería que son maleantes.» Cuando le pareció bien, dio una voz, levantó el bastón hasta la altura del hombro y los dos enamorados dieron la vuelta, camino otra vez de la calle.

Tirso había cerrado los ojos y parecía dormido. Estaba borracho, pero se daba cuenta de todo, de lo que decía y de lo que pensaban los demás. Tanto es así que le vinieron preocupaciones de si habría molestado o no al gallego por lo de la palomita. Él no quería molestarlo. Por nada del mundo quería que se enfadara con él. Estaba por decirle en cuanto volviera que aquello que dijo no tenía malicia. «Además es un hombre mayor. A lo mejor tiene nietos. Y yo le he llamado palomita de la luz.» Toda la caseta giraba a su alrededor y zumbaba lo mismo que un enjambre. Oyó toser a Fede. Abrió los ojos.

—Ahora viene Castro —dijo el portero.

—Ya, ya lo sé. Ha ido a la cafetería.

—A usté lo que le pasa es que no está acostumbrao a beber y que está débil.

—Eso será.

—¿Tiene usté hijos?

Sería el coñac, sería que Fede le inspiraba confianza, el caso es que respondió del modo más natural del mundo:

—Tres. Uno de ellos de seis meses. Siete cumplirá el día 12.

Fede le tendió un cigarrillo de filtro, y lumbre para encenderlo.

—Ya me he dao cuenta que usté es de campo.

—De toda la vida.

—Y, si no es mucho preguntar, ¿por qué no se vuelve?

Tirso se encogió de hombros.

—¿Hay paro? —preguntó el portero.

—¡Paro...! Casi siempre hay paro.

Dio el guarda de la obra una chupada al cigarrillo y añadió:

—Pero no es por eso.

«Estoy borracho, y, sin embargo, hay que ver lo bien que me funciona la cabeza. Me doy cuenta de todo.»

Entró Castro con un vaso de café negro, hasta arriba, y se lo alargó a Tirso. Éste lo bebió a sorbos mientras los otros dos le observaban en silencio. Al terminar, volvió a sonreír y tomó de nuevo el cigarrillo.

—¿Por qué sabe usté que yo soy de campo? —preguntó al portero.

—No hay más que verlo. Yo conozco a la gente na más mirarle a la cara.

Tirso hizo una mueca. Torció los labios y pensó: «Si fuera tan listo, sabría lo de la cartera con el dinero». Se dio cuenta de que había pensado una tontería, pero el recuerdo de las pesetas se le vino a la mente de un modo imperioso, obsesionante. Si entonces dijera —entonces, que estaba borracho— que llevaba en el bolsillo doce mil pesetas, se vería libre de su secreto. ¿Por qué no? Fresco, no tendría valor para decirlo. Diría que le había tocado la lotería. Se llevó la mano al pecho, debajo de la chaqueta. Y palpó la cartera. Pero hasta ahí llegó, porque en aquel momento Fede se puso de pie, dispuesto a marcharse.

—¿Ya se va usté?

—Es tarde. Y luego el brigada me recibe que no me ves.

El brigada, lo aclaró Castro, era la mujer del portero. Una bendita de Dios, pero celosa de sus prerrogativas.

—Bueno, amigo. Que usté se cuide —dijo Fede y se fue.

Castro se marchó también pasados unos minutos y volvió a caer por allí un par de veces más durante la madrugada. La última vez lo encontró profundamente dormido.

IV

En la última calle, dos casas más arriba de donde vivía el periodista, habían abierto una farmacia. Era lo único del bajo y, cuando llegaba la noche o cuando estaba de guardia, encendía un letrero con una cruz roja intermitente. A los lados, somero tabique sin encalar ni siquiera enlucir, se extendía la pared provisional, esperando que alguien la convirtiera en vitrina. Pasaría el tiempo y en los locales comerciales, en esta como en tantas otras partes, tardarían en llenar de vida y luz de escaparates la obra fría y chapucera de la planta baja. Eran ya demasiados locales comerciales para un barrio. Demasiados supermercados y cafeterías, garajes y tiendas de electrodomésticos, pero no había constructora que no hiciera lo mismo.

La gente del barrio, a pesar de todo, seguía tomando el camino del centro para hacer la mayor parte de sus compras. Ya podían abrir pañerías, confecciones o artículos de regalos, que a la hora de la verdad el que más y el que menos prefería las apreturas de los grandes almacenes, la bulla y la incomodidad por las calles del casco viejo, la búsqueda del aparcamiento o del taxi, la aventura del microbús nervioso y tarambana.

La farmacia sí es negocio dondequiera que se abra. Y más en un núcleo residencial como aquél, donde la gente vive bien y se cuida más de la cuenta para seguir viviendo.

Por la última calle, la única que quedaba sin pavimentar, Castro hacía su ronda a la ligera. Una sola vez para que le vieran, y pare usted de contar hasta la noche siguiente.

Tiempo atrás, en la acera de enfrente se detenía a charlar con la pareja de la Guardia Civil, porque allí está la Fábrica de Tabacos y siempre había dos números de la Benemérita sentados a la puerta de la misma. Era la vigilancia más tranquila del mundo, reducida al mero acto de presencia. Llegaban los guardias por parejas, con su manta, sus armas y sus avíos, reemplazaban a los del día anterior y ocupaban una caseta de material a la puerta misma de la fábrica, detrás de la verja de hierro. Era, ya digo, un servicio sin complicaciones porque a nadie se le ocurrió nunca ir a la fábrica para robar cajetillas de «celtas». Aparte de que la Tabacalera tenía sus vigilantes propios, que por las noches iban y venían recorriendo las naves y los almacenes. A través de las cristales se les veía desde la calle enfocando todos los rincones la luz de sus linternas.

El verdadero servicio lo prestaban los guardias a los vecinos de la calle. Bastaba que unos perros ladraran en la madrugada, que unos jóvenes alborotaran, para que entre las verjas asomaran los del tricornio, silenciosos pero seguros.

Con ellos echaba sus parrafadas Castro, un rato cada noche, hasta que una vez le dijeron que la guardia se acababa. No volvieron más, y meses después de la retirada fue cuando robaron en la casa de enfrente y, días después, en la del periodista.

Castro le tenía aversión a la calle última por lo desamparada que estaba. Seguía yendo cada noche a la primera hora pero, todo lo más, daba la vuelta a una sola manzana. Aquella noche quiso recorrerla entera y pasar atento junto a la farmacia. Fede, que estaba en todo cuanto ocurría en la vecindad, le había dicho: «¿Usté no ha reparao en la calle última, donde han puesto la farmacia, el ganao que hay?» Castro estaba harto de ver lo que no está en los escritos, pero el portero le insistió despertando su curiosidad: «¿No se ha fijao la poquísima vergüenza de unos niñatos que se van con sus novias?» Castro no contestó ni que sí ni que no y Fede le dijo: «No deje usté de ir. En cuanto se hace de noche, aquello es Cuba».

Los vio nada más llegar. Eran dos muchachos y tres chicas y estaban arrimados a la pared, como a tres ó cuatro metros de la esquina, donde la penumbra se ofrecía más propicia. Castro se fue acercando con cautela, más curioso que nunca. Avanzaba un poco agachado, por entre los coches aparcados en batería, que ocupaban media acera. Despacio, sin perder detalle, sin armar el más leve ruido, el sereno llegó cerca de los jóvenes. Dos de las parejas se abrazaban junto al tabique deslucido. La chica sobrante, que estaría esperando turno o esperando novio, los miraba y compartía con los demás la charla y la risa. Castro quiso acercarse más, casi en cuclillas, para ver si pescaba algo que se saliera del tiesto más de la cuenta. Sabía que los había de pillar en cualquier bellaquería, que no todo acaba con el beso y el abrazo. Pero pensó que alguien podría verle en aquella postura tan poco gallarda, y se puso de pie. Tan sólo con verle, se acabaría todo. Y le vieron. Pero no le hicieron caso.

Se acercaba un coche. Castro se hizo a un lado. El del coche iba a aparcarlo a continuación del último. Maniobró y, al quedar con el capó enfrentado a los jóvenes, frenó un momento y accionó las luces. Un chorro potente, largo de luz, deslumbró a los jóvenes. En brusco claroscuro, se veían sus rostros perfectamente. No denotaban preocupación, sino curiosidad. El del coche cambió las luces de nuevo y terminó de aparcar.

Castro quedó confuso. Los había visto bien. Eran chicos y chicas de dieciséis años todo lo más. Alguno, tal vez con menos. Uno de ellos con el pelo largo, tan largo como lo llevaba su novia. Ellas, con las faldas muy cortas.

Se bajó el del coche y no dijo nada. Se quedó mirando a los jóvenes y luego al sereno, y se marchó camino de los portales.

Antes que se perdiera de vista, Castro dijo en voz alta:

—¿Qué hacen ustedes aquí?

El de la melena contestó extrañado:

—¿Que qué hacemos? Ya lo está viendo.

Una de las muchachas rió por lo bajo. La misma que en aquel momento se estiraba la falda con las palmas de las manos.

—Nada bueno —gritó Castro.

El pollo de las melenas puso cara de fastidio y, sin soltar la cintura de la joven, se le encaró:

—Bueno, pero ¿a usté qué le importa?

—No estamos molestando a nadie —añadió el otro, casi un niño, un collar sobre el pecho, chaqueta de pana y pantalones rojos.

—Están ustedes faltando a la decencia en plena calle. ¡Largo de aquí ahora mismo!

Los muchachos dudaron.

—¡He dicho que ahora mismo! —repitió Castro enarbolando el bastón.

—Despacio, viejo. Por las malas, no —contestó el de la melena.

Desde su portal, el del coche se volvió, y acercándose al grupo dijo con voz imperiosa:

—Por las malas o como quieran, te vas a ir ahora mismo. Y como te vea más por aquí, te doy una patada donde debieras tener lo que no tienes, que te acordarás toda la vida, ¡partida de golfos!

Algo más farfullaron mientras se iban.

El del coche se quedó con Castro hasta que los otros se perdieron a la vuelta de la esquina. De la farmacia apareció el mancebo.

—Yo los he echado ya siete veces —dijo.

—Es que no hay derecho, caray. Ni que esto fuera un descampao...

—Lo malo —añadió Castro— es la edad que tienen.

—¿Y eso? —corroboró el del coche—. Unos críos, en ese plan. Yo no sé dónde vamos a parar.

—Varias veces los he echado de aquí —repitió el de la farmacia.

—Pues se ha acabao —dijo muy digno, muy convencido, el sereno—. Ya me encargaré yo de que no vuelvan.

Se fue el vecino y quedaron solos el de la farmacia y Castro, comentando el incidente una y otra vez, sin sacarle más jugo a la cuestión. El muchacho le invitó a pasar porque hacía relente y Castro contestó que no.

—Esta calle está muy abandonada —dijo el mancebo.

—De noche —contestó el sereno— no hay calle bien guardada en toda la ciudad. Y menos en este barrio.

—De eso me he dado cuenta.

—Estamos nosotros, claro. Pero ¿qué hace un hombre solo, desarmao, sin autoridad ni permiso para nada?

—Desde luego.

—Ya ve usté: aquí, hace unos meses, no había granuja ni ratero que pasara, ¿por qué? Porque estaba ahí la Guardia Civil. Ahora, ya ve. Cualquier noche le dan el susto a usté o a su patrón.

—Hombre...

—Nada, que se lo digo yo. ¿Tal como están las cosas? Usté verá. Pasa igual en todo el barrio. ¿No ve usté que no hay un guardia por ninguna parte? Antes pasaba el coche patrulla dos o tres veces, y con eso bastaba. Remedio santo. Ahora, de que no roben los autos, de que no entren por las ventanas, de que no fuercen un cierre, me tengo que encargar yo. Como si yo pudiera estar en todas partes al mismo tiempo. Y como si yo tuviera autoridad y armamento. ¿Me comprende usté?

Siguieron hablando de lo mismo durante un rato. De vez en cuando alguien entraba y mientras era despachado se interrumpía la conversación. Así estuvieron como media hora, al cabo de la cual Castro tomó de nuevo el camino de la calle.

Al pasar ante la casa donde vivía el periodista, se quedó mirando al piso. Por allí se había colado el fulano con el que no había sabido dar la policía. Durante la madrugada, por una terraza.

Por el portero, que era amigo del periodista, sabía Castro la peripecia del robo. Conociendo la amistad, el sereno le había preguntado a Fede: «¿Qué dice el periodista acerca de Gloria Montilla?» «No se lo he preguntado.» «Pregúntele a ver por qué no se dice nada del otro.» «Porque será un pez gordo», comentó el portero encogiéndose de hombros.

Castro siguió su recorrido, se metió por una bocacalle, luego por otra y llegó hasta donde esperaba encontrar a su amigo el portero. Pero Fede no estaba en la portería, sino en el bar que solía frecuentar, como a cincuenta metros de allí. Un establecimiento triste, mal decorado y peor barrido, que contrastaba con la fastuosidad de los escaparates vecinos.

Le encontró en el mostrador, tomando una cerveza y charlando de fútbol con uno de los camareros.

—Hombre, aquí está el gallego —dijo al ver a Castro.

—Sí, señor. Aquí me tiene usté.

—¿Hace un cafelito? Digo un cafelito porque usté ya habrá cenao.

—Ya he cenao, sí.

Fede pensaba que Castro nunca había pagado una «convidá». Y la verdad era que a Castro nunca se le apetecía tomar nada hasta bien entrada la noche, cuando estaba a punto de cerrar la cafetería. Y que aceptaba los cafés de Fede por puro compromiso, para no hacerle un feo.

—¿Sabe usté de dónde vengo?

—A estas horas, supongo que de su casa.

—Pues no, señor. Vengo de la calle última. Me he dao una vuelta por la acera de la farmacia y he espantao a los charranes aquellos que usté decía.

—¿Y qué? ¿Se ha dao cuenta del percal? ¿Ha visto usté qué poquísima vergüenza?

—Lo he visto, sí. Pero oiga usté: da tristeza, ¿eh? Son unas criaturas, y tan picardeadas...

—Usté no sabe cómo está el asunto. De verdad que no lo sabe. Yo no me paso las noches a la intemperie como usté, pero tengo buena vista, a Dios gracias, y no se me escapa el detalle. ¿Y sabe usté una cosa? Que me da miedo. A mí, que he sido un chufla toda la vida, más granuja que nadie.

Entró uno y le dio un golpe en un hombro. Fede se volvió rápido, mientras el otro le decía:

—Fede, ¿ya estás con tus rollos?

—Tu hermana —replicó el portero.

El otro siguió su camino hasta una de las mesas, donde esperaban los cabales. En cuanto Fede llegara empezaría la partida de casi todas las noches.

—¿Y sabe usté por qué? —continuó Fede mirando fijamente al sereno.

Castro bebió un sorbo de su café. Adivinó lo que le iba a decir, porque la conversación venía a ser la misma de tantas otras noches. Fede se exaltaba y arremetía contra la sociedad y terminaba echándole la culpa a los curas. Para llegar a eso, el portero bajaba la voz y agarraba el brazo del sereno.

—A mí me da pena decirlo, usté. Pena porque yo soy católico, apostólico y romano y no me da vergüenza de que lo sepa nadie. Pero la culpa la tienen —y bajó la voz— los curas. A usté no le hablan más que de lo social. Y venga lo social. Usté no sabe si lo que oye es un sermón o es un mitin. Del cachondeo, de las mujeres, del besuqueo, de la cantidad de maricas sueltos, nada. Y el cura sigue hablando de lo social cuando se baja del púlpito, cuando se pone la chaqueta con las dos rajitas y cuando se sube en el coche. ¿Se ha dao usté cuenta? Esto se lo digo yo a ellos, no crea usté que no.

Dispuesto a irse, Castro apuró su café.

—¿Y su amigo el de la obra cómo está?

—Ahora voy a verle.

—Anoche cogió una torta más que regular.

—Es un hombre raro, ¿no le dije yo?

—¿Qué le pasa a ese hombre?

—No lo sé.

—Algo tiene. Pa mí que se ha metido en un lío.

Castro se quedó boquiabierto. Sabía lo listo que era el portero, cómo conocía a la gente, y le entró una preocupación nueva. ¿Un lío? «Es posible, sí», pensó.

—Dele memorias —dijo Fede, y se fue con los amigos.

LA JUVENTUD... «¿Quién entiende a la juventud?» Y al preguntarse esto recordaba a su sobrino Carlos, el hijo de la hermana de Dolores. El muchacho tenía un modo de comportarse muy especial y le daba por leer libros y libros cuando no andaba en el trabajo. Castro se había preguntado si iría para sabio. «A lo mejor prepara una carrera», decía a su mujer. «¿Una carrera?» «¿Y por qué no? Muchos estudian así, fuera de las horas de trabajo, y se hacen peritos, ingenieros... Hasta abogado, fíjate. Yo he oído hablar de un caso...» Por salir de dudas se lo preguntó al joven en la primera ocasión que tuvo: «¿Tú estás estudiando una carrera?» Y Carlos se echó a reír. «No, hombre, no. A mí es que me interesan las cosas que piensan los demás, y leo a la gente de talento, a los escritores.»

No era fácil entenderle y sus mismos padres lo decían. El muchacho se distanciaba cada vez más y a veces hasta decía bruscamente que le dejaran tranquilo y que no se pusieran pesados haciéndole preguntas. Llegaba —esto lo contaba la cuñada de Castro, como si tal cosa— y sin decir una palabra se sentaba a la mesa y no había quien le hiciera hablar. Y si acaso se arrancaba, lo que le ocurría de tarde en tarde, era para soltar así como un discurso enrevesado, llenando a la sociedad de reproches y diciendo que el mundo había que cambiarlo de arriba abajo. El padre exclamaba al terminarse la perorata: «Eso está muy bien; pero mientras el mundo sea mundo, todo seguirá igual». Y el hijo contestaba desafiante: «Pues eso es lo que hay que evitar. Tú no comprendes, porque perteneces al mundo antiguo y no te percatas de que hay algo nuevo que asoma más claro que la luz».

Castro le decía a la mujer: «Oye, ¿no será comunista el sobrino?» Dolores contestaba: «Su madre, que le conoce bien, dice que son cosas de la juventud, de las compañías que tiene. Ya se le pasará en cuanto se arrime a una y se case». «Es posible, sí.» «No te quepa duda. ¡Digo! ¡Comunista Carlitos!»

Un día que los dos matrimonios y el muchacho estaban juntos, en la sobremesa de un domingo, hablaba Castro de su vida profesional y contó algunas de sus hazañas. Y se le ocurrió añadir lo mismo que otras veces: «Lo malo es que no tengo armas». Los mayores hicieron un gesto de comprensión, pero Carlos abrió la boca, por primera vez desde que estaban juntos, y preguntó extrañado: «¿Arma tú? Pero ¿serías capaz de disparar sobre alguien?» Castro se encogió de hombros y dijo: «Hombre, si me viera obligado...»

El sobrino se excitó y soltó un mitin, en el que venía a decir que ya estaba bien de armamentos y que habría de llegar algún día en que desaparecieran todas las armas, grandes y chicas, de encima de la tierra. Castro sonrió tristemente y respondió: «Tú sueñas, hijo». «Pues ya va siendo hora de que todos nos pongamos a soñar lo mismo.»

Hubo un silencio. Se notaba que el padre se contenía para no callar al hijo de mala manera. El muchacho, después de una pausa, continuó su discurso diciendo: «El primero que inventó una arma fue Caín, para matar a su hermano. ¿No cuentan eso? ¿Y no cuentan también que Dios castigó a Caín? A Dios no le gustan las armas. Bien que lo dijo Cristo en Getsemaní a Pedro y en el Sermón de la Montaña. Vamos, según dicen. Mira, tío, yo no te digo más que esto: si hay infierno, será más que nada para los que matan, para los que mandan matar, para los que inventan armas para los que las venden, porque esa mala gente son el reverso de Dios, su negación constante, los que van contra la raíz de la Creación, que es la vida y el amor entre los hombres».

Castro, y los demás también, se quedaron con la boca abierta. Dijo el padre, sorprendido: «Oye, pero ¿tú crees en Dios?» Y el muchacho contestó: «Puede que crea en un Dios distinto que vosotros. Por supuesto, no en el que me enseñaron, que estaba siempre al acecho, tendiendo trampas, vengativo, más juez que padre. El mío es el Dios de la Paz, el de los humildes, el de los que pasan hambre y sed de justicia, el de los perseguidos por la intolerancia y por los tribunales vendidos. En ese Dios os aseguro que necesito creer. Merece la pena».

Así hablaba el sobrino cuando de tarde en tarde salía de su mutismo. Como un exaltado, pero con palabras que maravillaban al gallego y le dejaban estupefacto.

No. No entendía a la juventud, que lo mismo se manifestaba como Carlos que en plan de homosexuales y gamberros. No comprendía a la nueva hornada, que tenía ideas distintas, unas buenas, otras malas, a lo mejor ni buenas ni malas, sino diferentes. Gente que se comportaba de un modo distinto. Hacían o decían lo que les parecía mejor sin el menor recato, sin importarles que los viejos se llevaran las manos a la cabeza.

No podía entenderlos. Como no los entendía tampoco Fede, con ser tan listo.

ENCONTRÓ A TIRSO afeitado, sonriente.

—¿Cómo va eso?

Tirso hizo un mohín y señaló un aparato pequeñito de radio, de transistores, que tenía a su vera. Una vocecilla chillona y gangosa desgarraba un cuplé.

—¡Anda! y no me había dao cuenta —exclamó el sereno.

—Estará usté mal de oído.

—No, es que venía pensando en mis cosas... Ha hecho usté muy bien. Eso es lo que más acompaña.

—Por eso lo he comprao.

—Me alegro, hombre. Y qué, ¿a plazos?

Dudó Tirso un momento.

—Sí. Es decir, no... Un amigo que se dedica a estas cosas, y que ya me irá cobrando...

—Está bien, hombre.

—Siéntese usté.

Pero Castro no se sentó, sino que se fue acercando al receptor hasta tomarlo en sus manos.

—Parece bueno, ¿no? —dijo.

El sereno le fue dando a los mandos, cambió

de emisora, la puso a todo volumen y lo dejó otra vez ante la mirada poco amable de Tirso.

—No quiero tocarlo —dijo— porque estas cosas sólo debe manejarlas su dueño.

—Pues ya la ha tocao usté.

—Era por probar.

—Es que como dice usté que no se debe tocar y va y lo toca...

El sereno se sentó. Tirso trabajó lo suyo hasta encontrar de nuevo la emisora que daba los cuplés, bajó el volumen y se desentendió del visitante.

Castro estuvo poco tiempo en la caseta.

Cuando Tirso se quedó solo volvió a ensimismarse, a repasar una vez más sus pensamientos.

HABÍA DORMIDO PROFUNDAMENTE. Antes de coger el sueño, Remedios le había llevado una taza de café con leche y un par de aspirinas, y le deseó alivio.

Al despertar, sobre las dos de la tarde, se cambió de ropa y se lavó detenidamente. Afeitándose estaba con una cuchilla nueva cuando la moza aporreó con los nudillos y abrió la puerta.

—¿Se puede?

—Pasa.

Tirso la veía a través del espejo. Le gustaba mirarla, tenerla cerca, charlar con ella.

—Ya tiene mejor cara que ayer.

Tirso se miró. Estaba terminando el afeitado. Sí, tenía otra cara. Le parecía a él que le habían quitado de encima unos pocos de años. En verdad no era mal parecido. No era ningún mozo, pero a pesar de las huellas de tantos años trabajando al sol y al viento, sabía, porque se lo habían dicho más de una vez, que no era feo.

—Se encuentra mejor, ¿verdad?

—Me encuentro como nuevo.

La fiebre, la borrachera y los nervios de horas antes no le habían dejado mal cuerpo. Estaba fuerte, con las piernas como si nada y con la cabeza libre de pesadumbre. Y había tenido un sueño agradable.

—¿Sabes que soñé contigo?

—¡Ah, sí?

Se limpió de jabón con la toalla y se volvió a la criada.

—Una cosa muy tonta, pero que me ha hecho pasar un buen rato. Resulta que tú eras mi novia y que te venías conmigo al campo. Y allí...

—¿Y allí qué?

A Tirso le brillaban los ojos. Iba notando cómo se le encendía la sangre y cómo le recorría en las venas más aprisa por el galope de los latidos.

Extendió los brazos para abrazarla.

—Yo te lo explicaré.

Pero ella se las arregló para escabullirse hasta la puerta entreabierta.

—Puede vernos alguien —dijo con una sonrisa pícara.

—Cierra la puerta.

Remedios abrió la puerta de par en par. Ante la mirada de Tirso apareció el pasillo, propicio a la huida, desbaratador de faenas, testigo acusón que convertía a la moza de las carnes duras en mírame y no me toques.

—Cierra.

—Es mejor así.

—Sólo un momento.

—Sea usté formalito.

—Te iba a explicar el sueño, eso era todo.

—Pues explíquemelo desde ahí.

Tirso tragó saliva. Sonrió resignado y dio la vuelta hasta llegar nuevamente al espejo. Se estuvo contemplando, pasándose los dedos por la barbilla como si se hubiera dado un corte, sorbió fuertemente con la nariz y dijo a la moza:

—Cada día te vuelves más arisca.

—Otra vez será —contestó ella del modo más natural, sin ganas de apartarse del juego peligroso.

—¿Cuándo?

—Otro día.

—¿Esta noche?

Remedios se iba acercando otra vez, como quien no quiere la cosa.

—¿Esta noche dice usté? Tiene gracia.

—¿Gracia? ¿Por qué?

—¿Y dónde? ¿En la obra?

—¿Por qué no?

Y le dio las señas; muy detalladamente, para que no fuera a equivocarse de guarda.

—No tiene pérdida.

La tenía ahora sujeta por los brazos desnudos, palpando la piel tersa de la muchacha, sin dejar de mirar a la puerta. Su voz era ronca porque las palabras le salían de lo más adentro, como borbotones, en atolondrado disloque. Era el hombre que hacía la primera conquista del mundo, el que inventaba el tira y afloja de la lidia amorosa. El toro de la concupiscencia rebullía por sus entretelas y había que torearlo con arte y a cuerpo limpio. Le miró a los ojos y dijo convencido de que llevaba las de ganar:

—No me faltes, ¿eh?

Ella recibía la mirada y el aliento cálido y el tacto de las manos calientes, bastas para la caricia, más fuertes que seguras, y llegó a pensar quién sabe qué laberintos de volutas tiernas, de azogue, de escaleras sin peldaños. Casi sonrió, pero más que sonrisa era mueca de labios entreabiertos por donde se le iba el resuello leve.

Todo duró unos segundos. Empujó Remedios

suavemente con las dos manos sobre el pecho del hombre y se separó de él.

Ella fue quien se acercó ahora al espejo y se miró muy de cerca, como si se buscara una mota en un ojo. Luego abandonó la habitación sin decir palabra.

Más tarde, cuando Tirso salía para la calle, la encontró de nuevo y quiso darle unas pesetas que había apartado de las pocas que de verdad eran suyas. Remedios las rechazó y se puso roja y con los ojos brillantes.

Sólo le había quedado un poco de tos. Por lo demás, esa gripe que temiera coger, la fiebre del día anterior, todo el malestar que le había convertido en pozo de aprensiones, había desaparecido durante las horas de sueño.

Aquella noche había un gato en la caseta. Un gato rojizo, de andar pausado. Un gato que no tardaría en llegar a viejo. Ya otras noches había asomado la cabeza y hasta una vez se coló mientras el guarda parecía dormir de ensimismado y quieto que se ponía.

Tirso lo había acariciado rozando el lomo y el

gato acabó por enroscarse lo más cerca posible del brasero.

«Es friolero como todos los gatos.» Y al pensar esto Tirso se acordó del sereno. «Se parece a Castro. Un poco. Viene a ser como un Castro en gato.» El vigilante de la calle tenía también el pelo rojizo y el andar pausado. Y estaba a punto de jubilarse. Estuvo por ponerle nombre, y creyó que debiera llamarse «Castro», lo mismo que el gallego. «Los dos hacen vida de noche, los dos deambulan de acá para allá, a ver qué pasa.»

Le cogió simpatía al nuevo acompañante, ésta es la verdad. Se dio cuenta de que el gato le alejaría las ratas. Por allí, por todo el barrio, por la ciudad entera, había muchas ratas. Lo sabía todo el mundo, lo dijo el periódico una vez que dedicó páginas y más páginas a informar sobre el peligro de los roedores. Él mismo las había visto, gruesas y grandes, rebuscar por los rincones, corretear por las calles desiertas en cuanto avanzaba la noche. Las ratas hacen daño. Las ratas pueden hasta matar a un hombre. El periódico clamó pidiendo que el Ayuntamiento se ocupara de exterminarlas, pero el grito no lo escuchó nadie.

Tirso le temía a las ratas y noches pasadas mató una de un ladrillazo. Luego se acercó al cadáver y le entró repugnancia. Lo comentó con Castro y el sereno le contestó: «¿Y si le dijera yo que hay quien se las come?» Y le explicó que algunos campesinos venidos de otras regiones a los nuevos regadíos, comían ratas. «¿Quién le ha dicho a usté eso?», protestó Tirso con desagrado. «Yo, que lo he oído contar.» «Pues eso es un embuste.» Castro aceptó con calma: «Si usté lo dice...» «Pero ¿quién se va a comer una rata?» «Señor, hay gente para todo.» «Pero ¿usté no comprende que eso no puede ser?» Y el sereno contestó, ya amoscado, que era como terminaba siempre que empezaban a discutir: «Bueno, y a mí, ¿qué me cuenta usté? Yo le digo lo que me han dicho y nada más».

Ajeno a la música del transistor, el gato dormía todo lo profundamente que puede dormir un gato. Tenía ese aspecto de cojín en desuso, cojín de sofá que ya no existe, que cuando cae al suelo no es más que quietud de redondas cordilleras. Inflado trofeo de lo más barato del mundo, casi servía de alfombra a los pies del cazador de barrios bajos en que convertía al guarda de la obra.

Tirso arrimaba cuando le parecía la puntera del zapato al lomo del animal a modo de caricia. El gato debía de entenderlo así, porque la soportaba con benevolencia, sin mover los músculos, sin enseñar los bigotes. Por confianzudo o por viejo, allí parecía dispuesto tan sólo a disfrutar de su propio regodeo.

Aquél venía a ser el gato-gato, la representación sin artificio ni enmienda posible de la raza gatuna-callejera. Egoistón y reservado, que iba a lo suyo, sin buscar afecto ni ofrecerlo, sabiéndose útil por lo de las ratas y con derecho a techumbre por lo mismo.

«Ya no estás para saltar por las azoteas.» Tirso le miraba y se iba preguntando qué será lo que sienten los gatos. «Dicen que piensan. Algo pensarán, digo yo.» Pensarán en que mejor es estar aquí dentro que ahí fuera; que es mejor comer que quedarse con hambre, que es preferible que lo reciban bien y no a patadas. Algo pensarán los gatos, sobre todo cuando les llega el celo. «Aunque éste no está para corretear detrás de una gatita. Seguro que no.» Con tal que estuviera para espantar a las ratas...

Tirso pensaba que a los gatos les pasa como a los guardas, que están para ahuyentar más que para meterse en jarana, lo mismo que los serenos. Castro lo decía cada dos por tres, que lo importante es dejar constancia. Donde hay guarda, donde hay sereno, no se acercan los ladrones. Donde hay gato ya se cuidan los ratones de no aparecer.

«Mañana le traeré algo de comer.» Convenía que no se fuera. Una de las veces que se agachó para mover el brasero, acarició al felino no con el pie, sino con la palma de la mano, recorriéndole el lomo. Y entonces el gato movió la cabeza, abrió la boca de un bostezo, se levantó y se marchó por donde había venido. Tirso se incorporó de su asiento, tendió la mano frotando el pulgar con el índice y le llamó —«Mini, mini...»— sin resultado. Media hora después, el gato volvía porque sí, porque le daba la gana, más dueño de sí, más libre que nadie. Llegó, se volvió a tumbar en el mismo sitio y se quedó dormido.

Había comprado la radio por la tarde, horas antes de acercarse a la obra. Lo hizo sin meditarlo. Pasó ante el escaparate de una tienda, vio unos cuantos receptores junto a otros muchos brillantes artilugios, entró y pidió precio. Eran modelos rebajados. Lo sacaron de la vitrina, le pusieron pilas, le enseñaron el manejo, pagó y se fue.

Pagó naturalmente con dinero que no era suyo. Procuró no pensar en esto y se llevó el receptor camino de la fonda, envuelto en un papel de la tienda.

Ahora, cuando empezaba a entrar la madrugada, volvía a considerar lo que había hecho. De pronto, como si en su cerebro en penumbra entrara una luz violenta a poner las razones en su sitio. Sintió miedo y quiso remediarlo de un modo pueril, desconectando el receptor. La caseta se volvió a llenar de espeso silencio, y fue peor. No debiera haber hecho el gasto. Antonio Carmona tiene fincas, tiene ganadería, tiene dinero para vivir como vive, igual que un rey. Para Antonio Carmona no son nada doce mil pesetas. Antonio Carmona no volvería a reclamarle ese dinero, porque no sabía dónde lo extraviara. Y porque no quería dar la cara. Había pasado un día más, y la prensa seguía sin hablar de él.

Volvió a pensar si debía o no entregarlo a la guardia civil, pero cada vez era mayor el miedo a las preguntas. Todo el mundo sabe, y los del campo más, que la guardia civil está para eso, para que no haya desorden, para que los gandules no roben ni molesten. Por los pueblos hay un sentimiento indefinible hacia los del tricornio. Son necesarios, son buena gente; pero, en ciertos casos, cuanto más lejos, mejor. Un interrogatorio es un interrogatorio. ¿Que después resulta que es inocente? Pues nada, vaya usted tranquilo, que con usted no es. Pero el mal rato lo pasó y para él se queda.

Tirso vio cómo se le agrandaba la desazón hasta la congoja. No debió comprar la radio. No debió coger del suelo la cartera, sino aplastarla en el charco con el pie para que alguien la encontrara y cargara con las responsabilidades.

Fue entonces cuando se le ocurrió que no tenía más remedio que compartir su secreto, que encontrar una especie de cómplice y de consejero, y nadie mejor que Castro le serviría para eso.

Como era tardo en tomar decisiones, a Tirso le pasaba que si resolvía hacer algo quería hacerlo sin perder momento. Lo mismo le pasó cuando determinó venirse a la capital.

Había que buscar a Castro, llamarlo, contarle lo que había ocurrido. Se puso de pie, salió de la caseta y llegó hasta la acera. Miró a un lado y a otro. La cafetería había cerrado y la calle estaba en silencio. Sólo algunos coches pasaban, rápidos con la velocidad que tanto gusta al conductor de madrugada. Algunas ventanas permanecían encendidas. La mayoría, no. Miró a un extremo y a otro de la calle. De pronto vio a una mujer, en la otra acera, plantada frente a él. Tenía el abrigo rojo y el pelo negro y caído sobre los hombros. Sintió repentinamente como si el corazón se le parara. «¿Remedios?» La moza de la fonda no había dicho nada, ni que sí ni que no. Sólo había rechazado el dinero.

La mujer del abrigo rojo se había vuelto de espaldas y contemplaba un escaparate, ya apagado. «No se atreve.» Tirso miró hacia la caseta, como si con ello bastase para dejar la obra bien guardada, y cruzó la calle.

—¡Hola! —dijo casi sin aliento.

—¡Hola!

No era Remedios. Ni aquellos ojos, con los párpados celestes o verdes, las pestañas renegridas, ni la boca grande, ni la cara, ni el pelo, ni el tipo.

—¿Qué quieres? —dijo ella.

Tirso tenía la boca seca. Se encogió de hombros.

—Nada —dijo—, me confundí.

—¿Me confundiste con quién? —dijo la mujer con sorna.

Volvió Tirso a mirar a la obra. Le vinieron de nuevo los temores y se imaginó si sería una trampa. Volvió a cruzar la calle y se encaminó otra vez a su caseta, donde el gato dormía junto al receptor callado.

«Qué tonto he sido», volvió a pensar. Y el corazón le seguía latiendo con violencia.

LE DIO A CASTRO por aparecer sobre las cuatro de la mañana.

—Siéntese usté —le dijo Tirso—, que tengo que hablarle.

—Usté dira.

Al sentarse, el sereno reparó en el gato.

—Hombre, ¿qué hace éste aquí?

—Que nos hemos hecho amigos.

—Caray, pues está la noche de novedades. Primero la radio y luego el gato.

—Ya ve usté.

Tirso ofreció un cigarrillo.

—Gracias, lo acabo de tirar.

—Pues fumaré yo solo.

Rebuscó en los bolsillos, sacó las cerillas y fue

encendiendo con toda la calma de que era capaz. No sabía cómo empezar la historia. Ni sabía cómo reaccionaría el sereno.

—¿Qué tiene usté que decirme?

—Ahora se lo diré.

Recordó Castro las palabras de Fede: «Ése se ha metido en un lío», y estaba que no vivía por enterarse.

Tirso tosió esta vez adrede, para prolongar la espera, como si tuviera que aclararse la voz de la conciencia.

—Usté, Castro, es un hombre honrao y un amigo. Por eso se lo voy a decir. Mire usté: la otra noche me encontré esta cartera.

Sacó el billetero del bolsillo y se lo entregó al sereno. Castro la abrió, repasó los billetes y resopló moviendo la cabeza de un lado para otro.

—La encontré ahí mismo, en un charco.

Castro leyó las iniciales de oro.

—A.C. ¿Y de quién puede ser?

—De Antoñito Carmona. Seguro. ¿Recuerda usté al que iba con la Montilla? Usté mismo me dijo el nombre.

—A.C. Sí, puede ser. Claro.

—Pues el caso es que yo tengo la cartera y no sé qué hacer con ella. La verdad.

—Hombre, si sabe usté que es de él...

—¿Usté cree que debo devolverla?

—Yo creo que sí. Vamos, me parece.

—Es que hay otra cuestión. El Carmona tiene muchísimo dinero, como usté sabrá, y esto no le va a arruinar. Espere, espere a dónde voy a parar. Yo quiero decir que si a lo mejor le devuelvo la cartera, se descubre que anduvo con la Montilla. ¿Se da usté cuenta? O sea, que a lo mejor, queriendo hacer bien las cosas, le hago un perjuicio. Porque Antoñito es casao.

Castro movió la cabeza afirmativamente, meditando lo que oía.

—Eso también es verdad. Tenga usté. —Y le devolvió la cartera.

Tirso, más tranquilo, como si se le hubieran disipado las preocupaciones, continuó animándose:

—Yo he pensao que si alguna vez vuelve por aquí, se la entrego y listo.

—Hombre, volver, no creo que vuelva —atajó Castro—. Esto es un problema de conciencia. Usté puede entregarla a la policía.

Las facciones de Tirso cambiaron. Miró a su compañero con un gesto que denotaba contrariedad, con los ojos suplicantes, como pidiendo que no siguiera por ese camino.

—Yo a la policía no la llevo —contestó.

—¿Quiere usté que la lleve yo? Como si me la hubiera encontrao.

Con temores y todo, Tirso se dio cuenta de que se había ido aficionando a la idea de quedarse con el dinero. De ahí su decepción y el no saber cómo contestar al gallego.

—Usté lo piensa —insistió Castro— y si se decide, me la da para que yo la entregue.

Los dos hombres se quedaron en silencio pensando durante un rato. Fuera, ladró un perro. Debía de estar lejos, pero el ladrido taladró la noche. El gato ni se movió.

Castro se puso a canturrear mientras miraba fijamente la superficie del brasero.

—Y digo yo —expuso el sereno—. También podría ser de otro y no de Antonio Carmona.

—No creo.

—Es que estuve a su lado cuando sacó la cartera y yo no vi que se le cayera al suelo. Y menos ahí, donde usté dice, en el charco. Fíjese. Él sacó un billete para el mecánico, pero fue estando en la acera, al entrar en el coche.

—¿Y las iniciales?

—Concho, con las iniciales. Ya ve usté, por las iniciales podrían ser mías. A.C. Yo me llamo Antolín Castro.

—Pues lo que es a la policía, yo no la llevo.

—Bueno, pues no la lleve usté.

—No la llevo a la policía —prosiguió Tirso—, porque no me van a creer.

—Yo la llevo. Vamos, si usté quiere.

Seguía la buena temperatura, bonísima para el

mes de noviembre. Corría un airecillo sin malicia que arrastraba por el cielo nubes diseminadas.

—Está bien, Tirso. No se hable más del asunto. Usté piensa lo que debe hacer, según su conciencia. Y yo, como si no me hubiera enterado de nada. ¿Estamos?

No quería el gallego, porque así era su natural, poner a su amigo en más aprieto del que estaba. Le daba lástima de aquel hombre, del que sólo sabía lo que le comentara Fede. Que era del campo, que tenía familia y que estaba en un lío.

Le gustaría ayudarlo de todas, todas. Buscarle una solución a su problema de la cartera y tratar en adelante de conocerle mejor.

Era su manera de ser. Dolores, su mujer, solía decir que era demasiado bueno. «Yo no sé cómo puedes ser sereno, con esa alma que tienes de Hermana de la Caridad.» Él se encogía de hombros. No es que fuera demasiado bueno, no. Castro se reconocía como sentimental. Él no tenía la culpa de sufrir cuando alguien sufría a su lado, y por eso, y por no tener más talento, se liaba, dando ánimos e infundiendo esperanzas, y hasta prometiendo lo que luego no podría cumplir. Cómo le gustaría ser como Fede...

Fede arreglaría la situación, como siempre, en menos que se dice.

Fede, a veces, parecía cruel, por las bromas de palabras que gastaba a los amigos. Tenía un pronto desconcertante, porque era de talento brusco y decía lo primero que le venía a la lengua, sin mayores miramientos. Pero cuando había que hacer algo por quienquiera que fuese, no tenía precio. Castro lo sabía. Seguro estaba de que el puesto en los grandes almacenes lo conseguía con sólo recordárselo un par de veces. ¿No hizo más por el gitano? Lo del gitano es digno de contarse. Era limpiabotas del bar y vendía décimos de lotería. Fede le daba la carga un día y otro hasta que una vez le dijo en serio: «¿A ti no te da vergüenza vivir como vives?» «¿Y cómo vivo yo?», preguntó el otro, estupefacto. «Tan malamente, sin empleo fijo. A ti te voy a hacer un hombre.» Y lo colocó en nómina en una empresa. Y por si fuera poco, lo casó con la parienta y bautizó a los niños que ya tenían, después de mucho ir y venir a la parroquia. El párroco parece que le decía: «Yo encantado, pero éste no es de mi feligresía». «Éste no tiene feligresía ni tiene na.» «¿Usté no sabe dónde vive?» «En una choza detrás de una tapia, por el Tiro de Línea.» «Bueno, pues tráetelo.» Tardó unos días en volver con ellos por la parroquia. Cuando lo hizo, venían ya como feligreses, porque Fede había removido cielos y tierras desde su portería y la familia calé había encontrado techo en un piso del barrio viejo.

—Yo puedo hacer una cosa, Tirso —apuntó Castro—. Si a usté no le importa, yo voy a indagar por mi cuenta. ¿Le parece? Sin decir que usté tiene los billetes, esté usté tranquilo.

Tirso se lo quedó mirando, con la boca fruncida, sin decir ni que sí ni que no. Vio cómo el de Pontevedra se levantaba y se iba pesadamente hacia la puerta de la caseta y cómo una vez allí se volvió a mirar fijamente a la radio.

Fue un momento duro, que transcurrió en silencio. Tirso hasta contuvo la respiración, esperando que el otro le preguntara, lo que ya, por lo visto, había descubierto. Pero el sereno se limitó a hacer un movimiento con la cabeza, que pudiera ser de queja y pudiera ser de comprensión, y salió camino de la noche.

V

Anduvo Remedios de cuarto en cuarto, demorando la faena por no entrar antes de tiempo en el de Tirso. Esperaba verle salir, cruzar el pasillo con sus andares lentos, y tomar la escalera. Sólo entonces entraría en su habitación. No quería darse de cara con él porque empezaba a tenerle miedo y casi repugnancia al hombre basto que se lo había creído.

Fue luego a la cocina, ayudando a Felisa, la compañera, una moza de la sierra de Ronda, inquieta como si fuera de puro azogue. Esta Felisa, ¿quién lo diría al verla feúcha y tan morena de piel?, tenía más de tres pretendientes, porque usaba un desparpajo que suplía su falta de otros encantos. De estas cosas solían hablar las dos cuando una y otra se sentaban a la hora del almuerzo.

Después, a limpiar el pasillo, y en llegando a la puerta misma de la habitación de Tirso, la encontró entreabierta. Dejó a un lado el palo con la bayeta y se asomó.

Sentado en la cama, Tirso, ya vestido, parecía esperarla.

Se apartó en seguida y siguió sacando brillo a las viejas baldosas, arrastrando el trapo húmedo con parsimonia, por ver si con el trajín pasaba el tiempo. No quería ver al hombre que burdamente le había ofrecido dinero. Era la honda y tierna rebeldía que le vino de verse menospreciada. «Ni siquiera me ha preguntado si tengo novio.» Pensó en soltarse a la primera de cambio y con amenazas, porque si el novio se enteraba era capaz de abrirle la cabeza. A lo mejor no le abría la cabeza porque, todo hay que decirlo, no parecía el galán hombre de comerse el mundo. Pero el disgusto sería soberbio.

Por la puerta entreabierta le llegaba la música débil de la radio.

«¿Qué hubiera hecho Alfredo de haberlo sabido?» Más de una vez, después del rato de guasa, del abrazo y del beso por algún rincón de la fonda, se había hecho esta pregunta. Estaba por ver la reacción del joven menudo de estatura, el que hablaba siempre en voz baja, doliente de celos, taciturno. El hombre de la sonrisa triste, dolorida, el mozo difícil al que le hervía la sangre cuando estaban solos en la penumbra. Entonces, en aquellos momentos de excitación, aprovechaba Remedios para echarle en cara los celos que le consumían: «¿Te doy yo motivo? Di». Él sonreía triste, pidiendo perdón y pidiendo amparo con sólo las pupilas dilatadas, porque le cogía traspuesto el reproche.

El mozo no sabía de la misa la media, pero algo tenía que sospechar porque las exigencias y las dudas afloraban cada día en cada encuentro. Venía a ser como un niño necesitado de ternuras infinitas, insaciable de mimos, temeroso de lo que presentía en los ojos juguetones de la novia. Para él guardaba Remedios la última salida, la plenitud de la entrega, que iba negando a los demás. La joven tenía para su salvaguarda una moral que no podía ser más concreta, cifrada en la regla de oro del hasta aquí. Por nada ni por nadie traspasaría la frontera del ten con ten, del juego picante y rezongón de dejarse querer y desear por muchos de los hombres que habían pasado por la fonda. Si alguna vez —que eran muchas— se le fue el santo al cielo, correspondía con la entrega absoluta al novio triste, el de los besos amargos, cada beso el alma entera. «Ay, ¿cómo te quitaría yo de la cabeza eso que piensas de mí, esa amargura que te sale por los ojos?», le decía cuando le arrullaba como a un niño enfermo.

En el silencio de la fonda se oía, nítida, el rasgueo de una guitarra.

No quería ver a Tirso. Cuando llegó, vencido de sueño y de cansancio, la barba crecida y los ojos brillantes, se cruzó con ella y le preguntó por qué no había ido a la obra. «Pero, ¿usté creyó que yo iba a ir?» El hombre le dijo con naturalidad: «Naturalmente; por eso te di las señas». Ella se puso seria. Perdía mucho aquella cara cuando dejaba de sonreír porque era de las que tienen los ojos y los labios tan hechos a la sonrisa que otra cosa no les va. «Pero ¿por quién me ha tomado?», y le hervía por las mejillas la sangre de rabia.

No quería ver más a aquel hombre tosco, recio, que había llegado hasta la injuria de citarla, de ofrecerle dinero. No era mal parecido y estaba solo, buscando a toda costa la limosna de su compañía; había sentido piedad y simpatía por él cuando le vio enfermo y miedo ahora que estaba sano. Miedo, repulsión y algo más, que eran los que complicaban todo. Porque poco a poco se iba sintiendo atraída por él y cada vez con más fuerza.

Y pensando, casi recitándose para adquirir más convicción que por nada del mundo haría por verle, apartó los avíos de la limpieza y penetró en el cuarto.

Tirso, sin levantarse de la cama, tomó el periódico en sus manos, el periódico que había comprado como venía haciendo desde días atrás, y se puso a leer. Con dificultad, porque no estaba acostumbrado. «A lo mejor es que necesito gafas», se venía diciendo cada vez que se echaba en cara la letra de imprenta. Y sin enterarse de nada, porque su atención la tenía toda puesta en el ir y venir de la muchacha.

—¿Por qué no se sienta usté en otro lado y así puedo hacer la cama?

Tirso se levantó y ocupó una silla junto al ventanuco, llevándose el periódico consigo. Tenía la media sonrisa del hombre que acecha con la convicción del triunfo.

Quitó ella las ropas de la cama y las fue poniendo sobre la otra silla que había en el cuarto. Palmoteó el colchón poniendo en cada golpe toda su alma, como si diera guantazos a quien lo usaba, y luego lo alisó con la palma de la mano. A cada momento, Tirso levantaba la mirada para ver trajinar a la muchacha. Miraba con descaro, buscándole las piernas cada vez que ella se agachaba para remeter las sábanas o para recoger algo del suelo.

—¿Usté no va a salir?

—¿Te estorbo?

—Un poquito. Es que voy a barrer el cuarto.

—Pues barre.

Remedios colocó la sábana de arriba con el mismo primor que si se estuviera examinando, en busca de la mejor nota. Pensó que era el momento de cantarle las cuarenta, abrir la puerta de par en par y marcharse de la habitación sin terminar de arreglarla. Sabía que tenía que hacerlo. Pero allí continuaba como si nada, soportando lo que venía a ser impertinente homenaje: la presencia del hombre que no se hartaba de mirarla, que la halagaba con su actitud atosigante. Por eso cuidaba mucho de mantener el gesto sereno y de recogerse el pelo, que se le venía a los ojos cada vez que se inclinaba.

Dijo Tirso en voz baja:

—Que quieras que no, te haré un regalo.

Y ella, en voz baja también, sin mirarle:

—¿Por qué no se guarda el dinero, que falta le hace?

—No te preocupes por eso. Tengo bastante.

—¡Ah, sí?

—No te lo crees...

—¿Y por qué no me lo iba a creer? Si usté lo dice...

Ahora eran soleares. La radio seguía sobre la mesilla, a muy poco volumen, dejando escapar quedo el son y la queja del cante desgarrado.

—¿Has visto la radio?

—¿Es de usté?

—¿De quién, si no? Ayer mismo la compré. Y a ti te voy a comprar lo que tú quieras.

—A mí no me tiene usté que comprar na.

Se había puesto a barrer y lo hacía despacio para no levantar polvo y para tardar lo más posible, porque la andaba incitando algo agobiante, como curiosidad y como deseos. Los pensamientos se le iban y venían enredados con la letra de las soleares y con la cercanía del hombre. Tirso levantó los dos pies para que pudiera Remedios barrer a la vera de la silla. Pero ella no se acercó.

Tirso se puso de pie.

—Te haré un regalo porque has sido muy amable conmigo. Te portaste muy bien cuando estuve con fiebre. Y porque me gustas mucho.

Se llevó la mano al bolsillo interior de la chaqueta y sacó el billetero. Lo abrió, extrajo lentamente los billetes y los mostró en abanico, como naipes de una baraja.

—¿Ves?

—¿De quién es eso?

—Mío.

—¿Y el billetero también?

Le hizo la pregunta sin dejar de barrer, sin darle importancia, pero Tirso se quedó de pronto con el aliento cortado.

—¿Por qué me lo preguntas?

—Por nada.

Buscó en la cara de la muchacha un indicio de sospechas. «No vaya a creerse ésta que soy un carterista.» Y sintió miedo.

La criada había dejado la escoba a un lado y se dedicaba a fregar el lavabo.

—Escúchame —dijo él.

Se acercó tanto a ella, que casi le rozaba.

—Esta cartera la encontré en la calle. En un charco. La debieron de perder la noche de la lluvia. ¿Ves? Por eso está estropeada. He procurao enterarme de quién era el dueño, pero no la reclama nadie. ¿Te das cuenta?

Se miraban los dos a través del espejo. Ella fue sacando las manos del agua enjabonada. Entre sus dedos y el dorso de las manos, burbujas tornasoladas hervían dejando la piel roja y fría. Sin moverse, tomó la toalla y se secó, sintiendo cada vez más cálida la proximidad del hombre.

—¿Me crees?

—¿Y por qué no?

Él la besó en el cabello y luego en la nuca. Si sintió ella o no un repeluco, el caso es que ni se movió. Tirso pasó el billetero con el dinero desplegado ante el busto de la muchacha. Era un ademán zafio, insolente. Pero ella siguió sin moverse.

—No traía más señas que estas iniciales. ¿Ves? A.C. Cualquiera sabe de quién sería. Si de aquí a quince días no la reclama nadie, mía es.

—¿Eso le ha dicho la policía?

Las dos miradas se volvieron a encontrar en el espejo.

—Sí. Eso me han dicho —mintió Tirso.

Se guardó el billetero. Ella parecía tranquila, los labios húmedos, entreabiertos, la mirada fija. Tirso tenía la nariz y la barbilla sumergidas en el pelo de la muchacha y recibía de lleno la cruda fragancia y el acompasado pulso del cuerpo joven.

Remedios se había olvidado del novio casi niño, del muchacho triste, cariñoso, raro. Se olvidó por completo, que era lo que le pasaba siempre en estos y parecidos casos.

POLO REPASÓ de nuevo el cristal del parabrisas.

—¿Algo nuevo de lo suyo?

El periodista contestó que no.

Iban pasando los días sin más noticias del robo. Al principio, las llamadas de la policía, del mismo Inspector Jefe de la B.I.C., eran casi constantes. Le hicieron ir más de una vez a Jefatura para prestar nuevas declaraciones. «Ya sabe usted el interés que tenemos.» Pero los días se iban unos tras otros y el periodista seguía sin poder titular un suelto lo mismo que tantas otras veces: «Buen servicio de la Policía».

Polo pasó el trapo por el capó. Le gustaba dejar su obra bien terminada.

—¿Le ha mirado el agua?

—No.

A los coches hay que estar siempre mirándoles algo, escuchando sus ruiditos, a vueltas con el aceite, con las correas del ventilador, con las bujías. Los coches, pensaba el periodista, siguen saliendo de las fábricas como si cada conductor fuera mecánico de profesión y aficionado a hurgar entre los cables y la bomba de gasolina.

—No se preocupe. Yo me encargaré de verlo.

—Gracias.

El periodista puso en marcha el coche.

—Las luces —le recordó Polo.

Encendió los focos. El coche arrancó y fue bandeando los baches de la calle última. Polo guardó la gamuza, miró alrededor y se acercó, por la bocacalle, hasta el bar donde solía tomar la cerveza. Una sola y otra al mediodía, junto a su compadre, un ebanista llamado Adrián, o junto al dueño de una tienda de verduras convertida en autoservicio de la noche a la mañana.

Polo era hombre como de cuarenta años, ágil a pesar de que iba para gordo. Tenía la cara redonda y unos ojos que al asomarse por las gafas se tornaban tan grandes como si por el cristal se extendiera una mancha de tinta. Castro, que solía charlar con él de vez en cuando, se estuvo preguntando durante mucho tiempo a quién le recordaba aquella cara. Hasta que cayó en la cuenta del parecido con un abad que vio por Galicia en sus años mozos. «Ya le notaba yo cara de obispo.» Obispo, abad, venía a ser la misma cosa.

—¿Cazón en amarillo?

Polo dijo que sí y el mozo le trajo para la cerveza una fuentecita breve de pescado con guisantes y salsa de azafrán.

En el bar habían puesto una máquina tragaperras, de esas que tienen una bola de acero que sube y hace un recorrido entre muelles, acumulando puntos. Pasatiempo para solitarios que se plantaban dale que te dale al tirador manoseado. Los puntos adquiridos aparecían luminosos en la ranura, sobre el cristal coloreado donde unas mujeres de senos enormes y picudos se exhibían en torpe pintura de tebeo barato.

Marcelino, el dueño del bar, barrigón, barbilampiño, siempre al lado de la caja, comentaba con un cliente el final feliz de una cacería. Acababa de matar dos ratas.

—Ha sido ahí mismo. Yo sentí ruido, ¿sabe? Y me dije: ratas. Y ratas eran, don Fernando.

—Como que un día nos van a comer.

—Es lo que digo yo. Entre ratas y rateros, estamos aviados.

A Polo le pasaba que sólo con oír la palabra «rata» se ponía malo. Le venía un malestar hondo por el estómago y así como mareos y sudores, sin poderlo remediar.

—Vamos a hablar de otra cosa, ¿no? —dijo.

—No te gusta hablar de ratas, ¿verdad? —comentó Marcelino.

El limpiacoches subió el labio inferior, hinchando los mofletes, porque sentía náuseas.

—Es que a éste le pasa eso. Se pone enfermo, ya lo ve. Hasta mala cara se le ha puesto.

El otro cliente lo reconoció:

—Es que, la verdad, son unos bichos... A mí, francamente, me dan asco.

Había un hombre, ya entrado en años, trente al tragaperras, con la mirada fija en la bolita, tratando de acumular puntos y más puntos en reñido combate consigo mismo. En cada tirón parecía que empeñaba la vida.

—Decía usted lo de los rateros —dijo el llamado don Fernando—. ¿Y eso cómo me lo explica usté?

Entonces el de la máquina tragaperras, que parecía absorto en su jugada, se incorporó y dijo:

—Yo se lo diré a usté. Porque cada día hay menos vergüenza y menos sentido de la responsabilidad.

Dejó su juego y se acercó a la barra, ante la inquietud de Marcelino, que no le quitaba ojo.

—Y porque cada día hay menos cultura.

Polo se preguntó qué tendría que ver la cultura con la mangancia, y se quedó mirando al hombre de edad. Un sujeto delgado, muy derecho, con el pelo blanco peinado sin rayas. Le conocía de vista, de haber coincidido con él en la acera; y de referencias, porque Marcelino se refería a él con alguna frecuencia. Marcelino le llamaba «el escritor», porque alguien dijo meses atrás que tenía libros publicados en la Argentina durante los años que estuvo exiliado.

—¿Usted sabe cuál es el presupuesto del Estado para la Educación?

El llamado don Fernando se volvió a escucharle con curiosidad. Pero la perorata se terminó allí mismo porque intervino el dueño del bar, más temeroso que otra cosa, y cambió el tema de conversación.

—¿Y su padre, don Fernando? ¿Cómo está su padre?

—Está mejor. Ya sale.

—Hace tiempo que no le veo. ¿Qué edad tiene ya su padre? Como setenta, ¿no?

—Setenta y dos.

—Hay que ver... Setenta y dos... y cómo se conserva, ¿eh?

Polo dijo que se conservaba muy bien.

El escritor apuró el vaso de tinto y se volvió al tragaperras. Estuvo como unos minutos mirando las muñecas pintarrajeadas sobre el cristal y se largó a la puerta a ver pasar a la gente.

—Yo me acuerdo mucho de ustedes, de cuando vivían en la calle San Vicente —prosiguió Marcelino—. Buena casa que tenían... Buen patio. Aquello era un palacio.

—Demasiada casa.

—Eso sí, que ahora en un piso se vive mejor que en una casa con patio. Pero aquello era un palacio, ¿eh, don Fernando?

—Los tiempos han cambiado, Marcelino.

—En un piso de lujo se vive mejor que en un palacio —repitió Marcelino.

El mozo sirvió otra cerveza a don Fernando y empezó a recitarle la lista de las tapas. Marcelino cortó en seco.

—A don Fernando, tortilla campera, ¿verdad, don Fernando?

—Vale.

Polo terminó su cerveza y asistía a la conversación como si le interesaran mucho las obsequiosidades del montañés con el hombre rico. Conocía bien a don Fernando y a la familia entera. Eran vecinos, y cada mañana se ocupaba en limpiar entre tantos otros el coche rojo, grande, de marca extranjera.

—Y tú, Polo, ¿cuándo te vas a casar? —preguntó Marcelino.

El limpiacoches se marchaba, pero al oírle volvió la cara y sonrió dejando ver los dientes de arriba. Cuando sonreía parecía más abad que nunca.

—Ya te avisaré —contestó.

Caminando por la acera, Polo iba pensando en la broma tonta de Marcelino. Siempre la misma; que por qué no se casaba. Bien sabía el montañés por qué no. Iba camino de su casa, despacio, porque aún faltaría lo suyo para que la cena estuviese lista. Demasiado hacía la madre con ocuparse de la cocina, ahora que difícilmente podía ponerse en pie. Durante meses, desde el día en que le dio a la madre el ataque, tuvo él que ocuparse hasta de hacer la comida, de llevar la portería adelante, de ir al mercado, sin dejar por eso de limpiar veintitantos coches cada mañana. Que por qué no se casaba... No le gustaba la broma.

Al llegar a la calle última, encontró al sereno.

—Buenas noches.

—Buenas noches.

—¿Qué? A la lucha, ¿no? —dijo Polo.

—Mientras el cuerpo aguante, eso es lo que hay.

DEJABA CASTRO la cartera de mano, vieja y abultada, en el garaje. Era el sitio mejor, abierto toda la noche. En cuanto le apetecía, volvía por allí, abría la cartera, sacaba el termo y el bocadillo y después del tentempié se quedaba como nuevo.

Había llegado más temprano que otras noches, a la hora de mayor animación. Oscurecía sobre el barrio, lleno de vida cuando la calle es fiesta de bullicio, de luces, de frenazos. Por la calzada pasaban los coches vigilándose, intentando en todo momento sobrepasar al de delante. La marea del regreso invadía también en las aceras, como si el barrio entero se hubiera puesto de acuerdo en volver a la misma hora para repasar de cerca las lunas de los escaparates, para atender a la llamada de la ensaladilla rusa en triunfo sobre los mostradores.

Ya estaban encendidos los luminosos llenando en diversos tipos de letras la gran pizarra de la noche. Rótulos con intermitencias, como guiños, o fijos y seguros de su cometido. Los letreros desbordaban por las fachadas el fulgor de sus venas como si por ellas circulara el zumo de todas las luciérnagas del mundo. En el gran muestrario de la calle, el relámpago domesticado, dócil, el que no amedrenta ni al más asustadizo, desplegaba el babel de siglas, de extranjerías, de nomenclaturas sin pie ni cabeza. A veces el letrero se hacía más ininteligible todavía porque, a lo mejor, era una O la que quedaba a oscuras, como en los viejos pasatiempos de fugas de vocales. Otras, por gastado, al rótulo le venían temblores y todo se volvían pestañeos chocantes y nerviosos alrededor. Pero la gran fiesta de la noche llegaba con la lluvia o cuando regaban la calle hasta convertirla en cristal negro. Entonces sí que daba gusto ver los luminosos, deshecha su entereza en acuarela diluida sobre el asfalto.

Por la calle de los muchos autos, que era por donde iba el sereno, no hay más semáforo que uno a la entrada de la misma, continuamente en guiños de ámbar. Quien la cruza a una hora así del mayor tránsito, se ha de liar la manta a la cabeza, olvidar a su parentela y rezar apresuradamente lo que sepa, porque los coches no pueden estar en todo. Avanzan en andanadas densas, incontenibles, alborotando con la luz de los focos. Así también, el autobús, siempre de prisa, con el balconaje bajo de sus cristales como acuario de apreturas. Y el que vuelve en moto, avezado en fintas y disloques, con su estruendo propio.

Es la calle de una sola dirección, larga y derecha y más estrecha de lo que hubiera convenido, medula del barrio comodón, con aparcamiento a derecha y a izquierda, a lo largo de las aceras. «¿Por qué no harían estas calles más anchas?» «Pues ya ve usted; porque las hicieron así...»

Castro se detuvo ante el recuadro blanco, casi celeste, deslumbrador, de un escaparate. Otro nuevo comercio de lujo: «Y dicen que no hay dinero...» Días atrás habían inaugurado otro en la misma acera, y debía de haber costado un dineral: colores chillones —rosa, amarillo, grana—, lunas de contornos desusados y un tejemaneje de público entrando y saliendo para el convite. La gente se detenía y se arremolinaba ante la puerta y ante las vidrieras para ver de cerca el espectáculo, estorbando el paso por la acera. Era una tienda de ropas llamativas, con bordados y encajes como de teatro. Castro también se acercó y vio cómo estaba llena de muchachos con el pelo largo, collares y casacas, y chicas de pelo corto vestidas con pantalón y chaqueta. Allí pasó el rato, mira que te mira, sin acabar de clarearse. Se acordaba de los bailes de disfraces y hasta por unos segundos pensó que estuvieran haciendo una película. A su lado, un matrimonio, los dos camino de viejos, miraban igualmente estupefactos. El marido dijo: «Tiene gracia...» Ella preguntó con voz destemplada: «¿Qué es lo que tiene gracia?» «Esto, mujer, la juventud de hoy.» Y la esposa comentó sin andarse con rodeos: «Yo no le veo la gracia por ninguna parte. Buenos palos les daba yo...» Castro sonrió y dijo que sí con la cabeza y buscó a la mujer con la mirada, con simpatía. Pero la mujer no parecía simpática ni tenía, por lo menos así por encima, ningún atractivo. El marido cerró la boca y no hizo más comentario. Debía de temerla. Luego resultó que la concurrencia a la tienda alborotó lo suyo; que chicas y chicos salieron a la calle con sus trajes, sus peinados y sus melindres, cantando unos, gritando otros, bebidos los más, y Castro decidió quitarse de en medio como medida más prudente. Aquella no era demarcación suya y no quería líos.

Castro prosiguió su marcha. Era la hora de los novios, cuando se dicen al oído revelaciones atroces junto a frases que no mejoran los poetas, enlazados por la cintura, con las caderas juntas a más no poder. Cuando les da por reír en las barras de los bares, en los bordillos de las aceras o en el escalón de mármol del portal de la casa. Cuando se quedan callados mirando con súbita e hiriente melancolía no se sabe qué confusas e inconcretas visiones.

Hora de la salida de los cines, de la entrada en las cafeterías, en busca del aperitivo.

Castro pasó ante la cafetería renovada, de nombre extranjero, la que parece de tapadillo después del último arreglo. Siempre que llegaba ante la puerta miraba hacia dentro, desde que una vez pudo más la curiosidad y se coló para ver cómo era aquello, y encontró un recinto lujoso, de techos bajos y casi en tinieblas. Débiles luces rojas esparcidas entre el techo y las estanterías del bar apenas permitían ver el interior, ni el conjunto, ni los detalles. Era el primer encuentro del sereno con este género de cámara oscura donde se revelan las instantáneas menos sorprendentes. Las paredes tapizadas devolvían la onda grave del tocadiscos y había por eso un temblor de contrabajos en el aire espeso. Donde la penumbra era más densa, las parejas jóvenes bebían, se miraban o contemplaban en silencio aquel anochecer en vilo, rojizo, conservado entre las cuatro paredes. Cada pareja, en un asiento doble, en una especie de sofá de bolsillo. Castro abría bien los ojos queriendo columbrar desde la barra los tres y los cinco pies del gato.

Una muchacha bailaba acompasando gestos, el cuerpo unas veces tenso y otras tan lánguido como si fuera a desmayarse, envuelta en música que se deshacía en espasmos. No bailaba sola. En seguida vio Castro que un joven de jersey negro, mechón sudoroso sobre la frente, largas patillas y lentes de miope daba también sus pasos con parecidos gestos. Separados. Los unía la música tan sólo.

Castro tenía la boca abierta porque seguía siendo el hombre propicio a la sorpresa diaria, descubridor de mundos más que descubiertos por los demás.

El camarero no le preguntó qué deseaba tomar y Castro no pidió nada. Cuando se hartó de mirar a unos y a otros, abandonó la cafetería pensando que ya tenía otra cosa más que contarle a su mujer.

Esto le había ocurrido semanas atrás. Luego, andando las noches, abrieron en su demarcación, dos bloques más allá de la portería de Fede, un establecimiento en cierto modo análogo. Por fuera no lo parecía, porque no se veía más que una puerta de sacristía corriente y moliente, y un rótulo tan pequeño como si quisiera pasar inadvertido. Pero una vez que entró, se vio envuelto en la misma oscuridad y en idéntica música. Este nuevo local se hizo pronto relativamente famoso en el barrio porque acudían allí y a las tantas de la noche personajes muy importantes de la ciudad. El mismo Castro los había visto salir del coche, eran caras conocidas, de las que suelen figurar en los diarios.

Se lo contaba a Tirso y el guarda de la obra le

respondió: «Aquello será una casa de planes». «No, es una *baîte.*» Y le contó la clase de gente que entraba y salía. «Si fuera una casa de mala nota, no iría la gente que va.» Tirso se enfadaba. «¿Y por qué no, si se puede saber? ¿Es que esa gente, por muy importante que sea, no tienen carne y hueso lo mismo que usté y yo?» Castro no logró convencerle. «Usté lo que pasa es que es muy mal pensao.» «Y usté parece un chiquillo. Unas veces se asusta de todo y otras se cae de lila.»

Castro se detuvo nuevamente al llegar a una esquina donde estaba el puesto de periódicos y la parada de taxis. Saludó a Eduardo, el dueño del quiosco, pendiente del negocio desde bien temprano hasta las tantas de la noche. Eduardo, el hombre que había aprendido a leer solo, con una cartilla en la mano, y ahora comentaba y recitaba trozos de los clásicos. Sobre todo del Quijote. Con el periodista echaba buenas parrafadas, porque era hombre con ganas de aprender algo cada día.

En cuanto pudo Castro, cruzó la calle. Otros que estaban junto a él hicieron lo mismo; entre ellos, una joven bonita, con el cabello largo, sedoso y oscuro, con vetas de un rubio ceniciento. Llevaba un vestido de colores vivos y tan corto de falda que dejaba ver hasta la mitad de los muslos. Cuando el sereno reparó en ella, se dejó ir para que pasara delante y caminó tras la joven sin quitarle la vista de encima. «En cuanto se siente en una silla, se le ve la copla.» La muchacha andaba con elegancia y su contorno se clavó en las pupilas del gallego, y aun más adentro. De pronto cayó en la cuenta de que iba siguiéndola embebido en la contemplación. «Si alguien me viera...» Y la dejó ir.

Dobló la esquina y se encontró con la primera de sus calles. Ya estaba en su zona. Donde el barrio pierde barullo y se vuelve más tranquilo porque a las dos manzanas se acababan las casas y empieza el campo.

Aquello sí que lo conocía palmo a palmo. Al pisar los baldosines de las aceras, escrutaba con la mirada cada trozo de fachada. Se sabía historias de familias enteras, penas y trapisondas, manías y buenas costumbres. Allí vivían buenas gentes y otras no eran trigo limpio. Lo mismo que en cualquier parte del mundo. A fisgón le ganarían pocos y aunque estaba convencido de que se las arreglaba con la mayor de las cautelas, porteros, criadas y muchos más estaban al tanto de su debilidad por enterarse de todo. «Cuidao que es usté curioso.» Él recapacitaba y decía: «No digo que no. Pero a ver quién me acusa de que me vaya de la lengua. Para estas cosas, soy una tumba».

Porque conocía tan bien bloque por bloque y piso por piso a la gente de su demarcación, le había dicho una vez el periodista: «Amigo, si usted escribiera alguna vez una novela... Con lo que sabe...» Y él sonrió satisfecho y se encogió de hombros.

Cada primero de mes subía las escaleras en busca de las propinas dejando de llamar donde no esperaba nada. Cada puerta que se abría dejaba escapar un olor distinto, pero siempre constante en cada uno de los pisos, porque venía a ser el distintivo de la familia. Se iba asomando a pisos arreglados por todo lo alto, con muebles caros, tapices, alfombras y buenos cuadros; a otros en donde cada tiesto andaba manga por hombro; a casas de muchos niños, a casa del enfermo que no acaba de curarse, y a casa de no fiar, con mujeres solas, batas hasta los pies y efluvios de colonia.

Le imponía traspasar la puerta del piso del coronel, con el recibidor lleno de panoplias con pistolones y bombas de mortero. Al llegar se acordaba siempre de Carlos, su sobrino. ¿Qué diría si viera aquello?

Y le entristecía de un modo muy especial la llegada al piso de la viuda que se vino desde La Coruña, la que balanceaba el acento, la señora María, de cabellos largos y mirada como perdida. «Yo también soy gallego. De Pontevedra.» «Pero a usté no se le nota apenas.» Era verdad. Había adquirido con los años demasiados giros del Sur, cortaba los finales de algunas palabras. Seguía teniendo algo de la música y casi nada de la letra. «Me vine joven», se disculpó.

Y doña Margarita. Doña Margarita era trapalona, confianzuda, amiga de los grandes escotes, porque estaba a gusto con sus exuberancias. Se repintaba con el desdichado esmero del mal gusto que trascendía de toda ella, y por eso tenía ese aspecto de máscara que no puede decir «no me conoces», porque se la conocía a la legua. Cada vez que llamaba al timbre, Castro se llevaba la mano al nudo de la corbata y al pelo rojizo y desperdigado. Doña Margarita le hacía pasar y le invitaba a tomar algo, en un principio anís dulce; luego, desde hacía un mes, *whisky*. Un día corrió la voz de que se iba a casar y el portero de la finca empezó a dar detalles, pero la boda quedó en noviazgo con un fulano más joven que ella, de pelo crespo y grandes bigotes. «Parece un guardia civil.» «Pues mire usté, no es guardia civil, sino contrabandista.» Fue entonces cuando a doña Margarita le dio por invitar a *whisky*. «No, gracias», rechazaba el sereno. «Es escocés legítimo.» «Es que a mí el *whisky* no me hace gracia. Será que no estoy acostumbrao.»

De doña Margarita se contaban muchas cosas y Castro sabía que eran verdad. Se decía que no tenía remilgos a la hora de recibir parejas y que este menester proporcionaba sus buenas pesetas. Castro lo sabía. Y cuando la veía alejarse de la puerta en busca de la copa de anís, moviendo sus opulentas carnes, sonreía diciendo para sus adentros: «Valiente pájara».

Cruzó la plaza destartalada donde se levantaba penosamente la nueva parroquia y se metió por la calle donde vivía Fede.

Pasó ante el bar de los americanos. Antes, los americanos se reunían en otro de la calle más céntrica, y a la hora de cenar iban al restaurante chino, que no era de un chino, sino de un japonés de California. Pero no sería negocio, cuando un día lo cerraron para volverlo a abrir en Rota, cerca de la Base. Fede había comido una vez en el restaurante chino y contaba cosas muy curiosas, de nidos de golondrinas, plátanos fritos y arroz con palillos. «A mí, es que hasta el olor me molesta», comentó Castro. «Pues no crea usté, se come admirablemente.» La puerta del bar permanecía cerrada de día y de noche. Mejor. Castro no quería nada con los americanos porque si a un negro como un castillo, o a un blanco, es igual, le daba por ponerse flamenco y meterse en jarana, lo mejor era quitarse de en medio cuanto antes. Allá ellos, que se mataran si era su gusto. Más de una vez había presenciado, desde lo más lejos posible, aquellas broncas espectaculares que duraban el tiempo de llamar por teléfono. En menos que se dice, aparecía la policía militar, daba una paliza al metepata y lo metían en el coche camino de la prevención. Con los americanos, ni bromas. Lo que temía era que alguno le pidiera que vigilara el coche. De ningún modo quería esa responsabilidad, porque a lo mejor, por manos del diablo, el mismo que le había hecho el encargo salía bebido y se quedaba sin faro al abandonar el aparcamiento. Y luego ¿qué? ¿Quién le decía que aquello no tenía nada que ver con la vigilancia?

El caso es que más de un americano vivía en el barrio y que cuando estaban en sus pisos no podían ser más corteses y atentos de lo que eran. A las mujeres, en especial, daba gusto tratarlas. Pero, amigo, en el bar, las cosas variaban.

Llegó a la portería. Fede hacía cuentas sobre un pequeño mostrador de buena madera.

—Buenas noches.

—¡Hola!

Siguió el portero con lo suyo hasta quedar convencido de que las cuentas salían, y en seguida empezaron a hablar los dos hombres. Castro, que para eso iba, le contó premiosamente, prolijamente, la historia del billetero, cuidando con toda su alma de que no se le escapara el nombre de Tirso, ni pistas que sirvieran para identificarle. Pero como se lió en pormenores y el portero le seguía atendiendo sin perder palabra, la adivinanza resultó demasiado fácil.

—¿Y eso a quién le ha pasao? ¿A su amigo el de la obra?

Castro recogió la pregunta con un gesto de contrariedad. Pero siguió firme:

—No importa a quién.

—Ya le dije a usté que ese hombre se había metido en un lío.

El sereno no se resistió más y se dio por vencido.

—Pues sí, señor. Lo acertó usté.

—¿Y qué piensa hacer con los billetes?

—Ya le he dicho que no lo sabe.

Y empezó a repetirle la misma historia. De vez en cuando, las palabras del sereno se quedaban en el aire porque alguien entraba o salía y Fede tenía que levantarse para abrir la puerta de la calle o del ascensor. Con algunos se detenía hablando, porque le hacían preguntas o le confiaban recados.

—Total —cortó bruscamente el portero—. Que su amigo lo que quiere es quedarse con el dinero y que nadie se lo eche en cara.

—¡Hombre!

—Más claro, agua.

TIRSO NO LE HABÍA caído bien al portero. De esto se había dado cuenta Castro en seguida. Cuestión de antipatía o de desconfianza, el caso es que Fede, cuando se refería al de la obra, no empleaba sus palabras más amables.

—Pues dígale usté a su amigo que lo que tiene

que hacer es entregarlo a la policía todo, y dejarse de cuentos. ¿Enterao?

Castro no replicó. Tenía el gesto duro, la mirada baja y garabateaba con el bastón sobre las brillantes losas de mármol. Tampoco él encontraba otra salida. El dinero había que devolverlo quisiera o no quisiera el de la obra.

—¿Quiere usté un cafelito? —invitó el portero.

—No, ahora no. Gracias.

Castro movió afirmativamente la cabeza y no dijo nada más. Preocupado como estaba, se marchó sin dar siquiera las buenas noches. Cruzó la calle, dejó atrás dos manzanas de casas y se acercó a la obra.

Había luz en la caseta. Al llegar a la puerta, introdujo la cabeza y no vio a Tirso. Sólo estaba el gato junto al brasero.

Se volvió hacia la mole de hormigón y busco a su amigo con la mirada. «Estará arriba. A este hombre le da por recorrerlo todo cada noche.» Y mientras se aproximaba al bajo desnudo y en tinieblas, volvió a pensar que él no serviría para guarda de una obra.

Llegó a la primera planta y se asomó a uno de los vanos, a lo que sería con el tiempo terraza con barandas, puerta de hierro y cristal, persiana y macetas. Iba a seguir subiendo —era la primera vez que lo hacía— cuando cayó en la cuenta de los melindres de Tirso. Si le veía de pronto, se llevaría el susto. Era mejor llamarle a voces. Se asomó nuevamente a la terraza y entonces fue cuando le vio allá abajo, junto a la tapia, aupado con un cajón de madera. Estaba el guarda de la obra mirando algo sin que le vieran. Tal vez una pareja de novios.

Bajó Castro los escalones y al llegar al suelo se dirigió a donde estaba su amigo. Cuando estuvo cerca de él le llamó en voz baja.

—Eh, Tirso.

El guarda de la obra se volvió sobresaltado y bajó del pedestal en seguida.

—Pero ¿qué hace usté ahí, si se puede saber? —preguntó el sereno con un poquito de guasa.

—¿Y a usté qué le importa?

—Caray, no es para ponerse así. Usté perdone.

A Tirso le había hecho poquísima gracia que le sorprendieran, y no trataba de disimularlo. Y como le pareció que a Castro le habían entrado ganas también de asomarse al mirador, nada más que por molestarlo, cogió el cajón y lo lanzó lejos de la tapia.

—Siento haberle molestao —dijo Castro.

No contestó Tirso. Con gesto sombrío echó a andar hasta la caseta, seguido de Castro.

Se sentaron los dos hombres junto al brasero. El gato, al sentirse acompañado, se desperezó y se puso de pie levantando el rabo como una antena. Abrió la boca, cerró los ojos mientras tensaba el cuerpo sobre sus patas, luego dio una vuelta por la caseta hasta que salió a la calle.

Tirso sacó una cajetilla de cigarrillos, extrajo uno y se lo llevó a los labios. Castro se buscó otro por los bolsillos y se dispuso a fumar también.

—Parece que se quitó el frío —empezó a decir.

Por no contestar, Tirso cerró los ojos, como si durmiera.

—Aunque aquí —continuó el sereno—, el frío no se nota apenas. En el norte, en cambio... ¿Usté no conoce León? Yo estuve sirviendo en León y aquello es morirse. En cuanto llega el invierno, ya se puede uno echar ropa encima, que se queda helao.

Tirso permanecía en silencio. Otra vez tenía el aspecto de los primeros tiempos, del hombre hosco, intratable.

El sereno se removió en el asiento.

—Me voy —dijo, a ver qué pasaba.

Tirso ni se movió.

—Pero antes —añadió Castro— le voy a hacer una pregunta. ¿Qué hizo usté con el dinero?

Abrió Tirso los ojos y dio una chupada al cigarrillo. Cuando hubo lanzado el humo despaciosamente, preguntó a su vez:

—¿Para qué lo quiere usté saber?

—¿Yo? Para nada. Pero como ayer usté confió en mí...

—Aquí tengo la cartera y el dinero. ¿Qué más?

—Que haga usté lo que le dé la gana.

—Eso es lo que estoy haciendo.

Castro se levantó disgustado.

—Desde luego, cuando se pone usté así...

Y se fue hacia la puerta.

—La culpa la tengo yo por venir a verle.

Mientras se marchaba se prometió lo mismo que otras veces: no volver a la obra así se hundiera el mundo.

Le quedaba por las palmas de las manos el recuerdo cálido, turbador de horas atrás. Y en los labios, el regusto, demasiado concreto para no olvidarlo en mucho tiempo.

«No sea usté así.» La protesta de la muchacha era débil mientras se dejaba abrazar. No había en el fondo de los ojos ni alarma ni reproche, sino el brillo leal y consecuente con el calor de la sangre bajo la piel tersa.

La madrugada del hombre solitario se llenó con el recuerdo del cuerpo joven, de los labios entreabiertos y jugosos. Y de la imagen brusca, inesperada, del marica fofo —zapatillas de colores, jersey sobre el pijama— mirando por la rendija de la puerta entreabierta. Por eso se había traído a la obra la sensación de sed y la fantasía alborotada, y cada vez notaba más el juego de tensiones y deseos que le pedía el instinto. Y por eso había ido en busca de la tapia de atrás, para distraer oscuramente su locura de espasmos contenidos en la contemplación de otras parejas.

La lujuria se le acrecentaba al venirle a la memoria la mujer propia, la mujer pasiva, Lola, la de los ojos fijos y el pensamiento ausente, cansada hasta la frigidez. La que le dejó marcharse sin una queja, sin una lágrima. El gran introverso, golosamente envuelto en su soledad, soltaba cuerda a su fantasía y rumiaba cada susurro, cada estremecimiento, cada sabor de su aventura. Para estos pensamientos le sobraba cualquier compañía. Ni la radio ni el gato, aunque el gato no podía ser mejor acompañante. Castro debiera aprender del animalito y no ser ni tan preguntón ni tan metomentodo.

La partida se había prolongado más de lo que era costumbre y tuvo que ser el dueño del bar quien avisara.

—Señores, que vamos a cerrar.

Fede consultó su reloj de pulsera.

—¡La una! ¿Es posible?

Y se levantó de un salto.

Alguien propuso una última ronda, pero el portero dijo que ni hablar, que a las siete de la mañana tenía que estar en planta encendiendo las calderas de la calefacción.

—Son cinco minutos —insistió Ortega, uno de los amigos, dueño de uno de los garajes del barrio.

—Ni cinco ni na.

Arreglaron cuentas y Fede salió del bar.

A la una de la noche era raro verle por las calles. En verano sí, porque la vivienda del portero era muy calurosa y había que buscar el fresco a la puerta de la casa, o en la terraza de un bar, o en un cine al aire libre. Pero con las obligaciones del invierno, Fede se venía acostando a las once y media de la noche todo lo más. El tiempo preciso para despejarse un poco de las rutinas del día. Llegaba a punto de terminarse la comedia o lo que fuera en la televisión, cuando ya su mujer estaba dispuesta a irse a la cama.

Era hombre de dormir poco, porque luego, al acostarse, se mantenía haciendo sus cuentas hasta las tantas mientras su mujer dormía. Necesitaba ese silencio para ingeniarse sus mejores ingresos, que no eran los propios de la portería, sino de los que se derivaban de su habilidad y de su labia. Ahora, por ejemplo, que se iba acercando la Navidad, Fede hacía lo que todos los años: buscarse una buena carga de pavos para venderlos a los vecinos, no sólo de su casa sino de las de al lado. Otras veces, era *whisky* que se agenciaba, lo mismo que los mecheros y los transistores, en cuanto le llegaba la ocasión. Alguna vez le habían dicho que era un comerciante nato. Él sonreía y no contestaba, pero estaba seguro de que tarde o temprano demostraría que era comerciante y algo más. «Lo que pasa es que no tengo un real», comentaba burlón.

«Fede, ¿qué harías con veinte mil duros?», le preguntaban los amigos. «¿Veinte mil duros? Eso no es dinero. ¿Tú quieres veinte mil duros ahora mismo?» Él no los tenía ni en el bolsillo ni en la cartilla de ahorros, pero sabía que si los necesitara los encontraría en un par de horas. «Veinte mil duros no es na. Yo lo que necesito son seiscientas mil pesetas.» Los otros le seguían la corriente: «¿Y qué ibas a hacer con seiscientas mil pesetas?» «Lo primero, comprar dos taxis. Y a vivir. Al cabo de medio año ya me dirás tú.»

Un par de taxis o un bar, que son los negocios seguros. Pero las seiscientas mil no acababan de llegar, ni por el camino de las quinielas ni por el de la lotería. Y mientras tanto, Fede cuidaba de sus relaciones mostrándose servicial no sólo en lo natural de su empleo sino en otras múltiples atenciones. Se sabía imprescindible, por eso los vecinos de la casa tenían con él no pocas deferencias, le daban buenas propinas y contribuían a sus colectas para *Regina Mundi.* Y él correspondía con la artesanía pueril de sus rejas diminutas, los chalés de madera y pletina, los barcos con bombillitas dentro y las jaulas de fantasía.

Una vez que estaban de guasa en el bar, uno de los amigos le dijo: «Tú no te quedarás con el dinero, ¿no?» «¿Qué dinero?» El otro, en vez de recoger velas al ver la cara del portero, remachó: «Con el que te dan para *Regina Mundi*». Fede se levantó del asiento, y mientras que le decía «¡hijo de la gran...!», le arreó una bofetada con toda su alma. Al otro le brotó sangre de la nariz. Fede volvió a sentarse, jadeante, fuera de sí, y permaneció en silencio durante un rato. Sólo dijo: «Eso no lo tolero ni en broma». Y al rato le pidió perdón. En cuanto llegó el domingo, llevó a su amigo a la casa blanca y limpia que está en la ladera, desde donde se ve a la ciudad tendida en su indolencia. Casa para mitigar dolores a fuerza de ternuras, de paciencia, en la que conviven los desechos humanos, los que no tienen sitio ni entre sus propias familias. Allí vio el amigo a los del mal incurable, al balbuciente, al niño inválido y a la muchachita que no espera poder apartarse de las sábanas así pasen los años. Y vio en cada rostro una sonrisa al acercarse Fede y a punto estuvo, de regreso, de pedirle al portero otra bofetada.

Que no le gastaran bromas con aquello. Con lo demás, sí. Si se metían con los curas, él se metía también, y a lo mejor antes que los demás. Si se pitorreaban de su pinta de tunante, o del trapicheo de los pavos y de lo que no eran pavos, Fede tenía más correa que nadie. Pero con lo otro que no gastaran bromas. Lo decía muchas veces. Él era un hombre como los demás, amigo del choteo, del rato con los amigos, le gustaban las mujeres como a cualquiera o más que a cualquiera, pero era menester que lo fueran conociendo.

Quien le conocía bien era el periodista, con el que echaba de tarde en tarde sus buenas parrafadas. Al periodista le maravillaba sobre todo la fe de aquel hombre de una vez, su sentido directo, personalísimo, de entendérselas con Dios. Al escucharle, se le venían a la memoria frases huecas, galimatías de los que no saben por dónde se andan, unos porque se quedaron en la hamaca de la despreocupación y otros porque se pasaron de rosca por ser más listos que nadie.

Cuando estaba a dos pasos de su puerta y buscaba las llaves en el bolsillo del pantalón, Fede vio venir la figura maciza y renqueante del sereno.

—¿Qué hace usté a esas horas? —preguntó Castro al llegar frente a él.

—Eso le iba a preguntar yo —contestó Fede con guasa.

—Yo estoy toda la noche aquí. Pero usté, que se acuesta con las gallinas...

—Que he estado de mujeres...

Castro, de momento, se lo creyó. Luego cayó en la cuenta de que el otro bromeaba.

—¿Desde cuándo no va usté de mujeres, Castro? La verdad —preguntó el portero.

—No crea usté, yo...

—¿Vamos a poner que desde el año treinta?

Y le zarandeó sacudiéndole jovialmente el hombro izquierdo.

—No se enfade usté conmigo, que es una broma. Oiga usté, y del gachó de la cartera, ¿qué?

—Sigue sin entregarla a la policía. Dice que le da miedo no vayan a tomarle por un carterista.

—Hombre, pues si se queda con el dinero, viene a ser lo mismo, ¿no? Vamos, digo yo.

—Allá él. Yo se lo he dicho ya.

A Fede se le habían quitado las ganas de meterse en casa, y estaba dispuesto a seguir charlando por lo menos media hora más.

—Ahora, ¿adónde va usté?

—Ahora, como siempre, a dar vueltas.

—Pero ¿es verdad que se pasa la noche dando vueltas de un lado para otro?

—A ver, si no...

Fede se guardó las llaves. La noche estaba fría, pero no desagradable.

—Le voy a acompañar un rato. ¿Hace?

—¿Por qué no?

Y se fueron andando calle abajo por la acera vacía, orillada de coches aparcados. Fede pensó que «el brigada» habría cogido el sueño.

Pasaron ante la puerta de cristal de la peluquería. El maestro estaría por aquellas horas dándole a la guitarra eléctrica, un paso adelante, un paso atrás, en cualquier sala nocturna. El maestro peluquero tenía, para desconcierto de sus clientes, una abundante melena. Era joven y muchas noches, a la hora de cerrar, se quedaba en la barbería junto a otros más o menos de su edad, para discutir sobre música de conjuntos. Algunas veces se llevaban el tocadiscos, lo ponían encima de uno de los sillones giratorios y escuchaban tres o siete veces la misma grabación hasta que iban sacando a flote cada uno de los detalles, porque aprendían así, de oído y a fuerza de repeticiones. Castro los había visto cómo escuchaban llevando el compás con la cabeza, con la mano, o con el cuerpo entero. Quitaban, a lo mejor, el disco a la mitad y discutían sobre tal pasaje o tal otro.

Era la nueva versión de Fígaro, con guitarra también, pero guitarra eléctrica. Extremoso en el cuidado de su estética personal, era uno de esos tipos que seguía poniendo a cavilar al pobre sereno. ¿Lo era? ¿No lo era? «Como el caso es que luego los ve usté liaos con jovencitas...»

Oyeron un taconeo al acercarse a una esquina y vieron aparecer una pareja de jóvenes. Pasaron al lado de los dos amigos y Fede advirtió que ella tenía los ojos llorosos. Volvió la cabeza y los vio detenerse en un portal. El portero y el sereno se volvieron sin disimulo a verlos. Ella sacó un pañuelo y se lo llevó a la cara. Luego una llave, abrió la puerta de la casa y empezaron las despedidas con un abrazo prolongado. Los dos hombres siguieron su camino.

—¿Sabe usté quién es ella, no? —preguntó el portero.

—Sí. La hija del abogado.

—La misma. ¡Qué pedazo de fulana ha salido la niña esta!

—Los nuevos modos.

—La nueva puñeta, déjese usté de cuentos. Si yo fuera el padre le hubiera pegado una paliza la primera noche, que se hubiera acordao toda su vida.

—¡Una paliza...! Ya se la ha pegao éste.

—¿Y eso?

—Hace un rato. Cuando yo venía para acá le estaba dando una bofetada en la puerta de la cafetería...

—¿Qué me dice usté?

—Lo que usté oye.

Iban andando sin sentido fijo hasta que se encontraron frente a la obra.

—¿Va usté a ver a su amigo?

—Yo no.

—¿Por qué no?

—Porque he estao hace un rato.

Se quedaron mirando hacia la caseta.

Llegó una moto y se detuvo ante la obra. El motorista detuvo el vehículo y se quedó mirando, como quien comprueba los datos, se bajó y fue andando hacia la caseta. Era un individuo bajo de cuerpo y delgado, y caminaba inclinando la cabeza hacia el suelo.

—¿Quién es ése? —preguntó el portero.

—No lo sé.

Fede torció el gesto.

—Vamos.

Y cruzó la calle.

TIRSO VIO CÓMO LLEGABA hasta la puerta de la caseta un joven con una cazadora de cuero y un pañuelo al cuello, y se estremeció.

—Buenas noches —dijo el recién llegado.

Tirso se puso de pie.

—Usté dirá.

El joven lanzó una mirada al interior de la caseta. Parecía intranquilo.

—Mire usté. Ando como loco buscando por todas partes una cartera que he perdido.

—¿Una cartera?

A Tirso le pareció como si le despertaran de un sueño profundo.

—Es una cartera de cuero con mis iniciales.

—¿Qué iniciales?

El otro se pasó la lengua por entre los labios, resecos.

—A. C.

Miró Tirso por detrás del joven y vio a Castro y al portero, que se acercaban. Esto le dio seguridad.

—¿Y aquí ha perdido usté la cartera?

—Aquí tendrá que ser. Yo estuve por ahí fuera... con mi novia, ¿sabe usté?, la noche que llovió... Usté no me vio a mí.

Fede dijo:

—¿Y qué tenía dentro la cartera?

El joven se volvió sobresaltado.

—Dinero. Que no era mío, sino de mi empresa. ¿Se da usté cuenta? Unas diez mil pesetas, o tal vez más.

—¿No lo sabe fijo?

—De la empresa eran ocho mil. El resto era mío. Pero no recuerdo cuánto tenía, si dos o cuatro...

Se hizo un silencio. Tirso miró a los ojos de Castro y de Fede, en busca de un consejo. Mejor, en busca de ayuda para espantar al que venía por el dinero.

Dijo Castro:

—Usté traerá documentación.

—Sí.

—En ese caso... —ya al llegar a esta conclusión, el sereno levantó la barbilla como señalando al guarda.

Pero Tirso no se rendía.

—¿Y por qué ha esperao usté tanto?

—Porque hasta hoy no me he acordao de que estuve por aquí. He estado preguntando por todas partes. Hoy me acordé y en cuanto tuve un momento libre me vine para acá.

El joven extrajo del bolsillo el permiso de conducir y luego el carnet de identidad. El guarda leyó: Alfredo Caballero Daorta. Y se quedó con los ojos fijos en las letras, con la cabeza confusa, sin querer tomar la determinación.

Los demás esperaban silenciosos. Fueron unos segundos nada más. Tirso acabó por sacar el billetero y se lo tendió al joven.

—Cuente los billetes.

—No hace falta —dijo el otro.

El de la cazadora de cuero sonrió torpemente, se volvió a pasar la lengua por los labios y dijo que le gustaría invitarlos.

—No, gracias.

Luego dijo que estaba muy agradecido y que un caso así debiera saberse por los periódicos. Apartó un billete de mil pesetas y se lo alargó a Tirso:

—Tenga usté.

Como insistiera el joven, Castro decidió mediar en la cuestión y aconsejó al guarda:

—Guárdeselo, Tirso. Más favor le ha hecho usté a él.

Y Tirso acabó por quedarse con el billete.

Aún estuvo haciendo cumplimientos hasta que le pareció bien despedirse del todo. Entonces fue cuando Fede le detuvo con una pregunta:

—¿Y en dónde trabaja usté, amigo?

—En los talleres Caisa.

—Eso está en la Ronda de Capuchinos.

—Sí.

—Bueno, hombre, pues me alegro.

Desde la caseta le vieron alejarse, subir en la moto y perderse de vista. En la calle silenciosa quedó flotando el ruido del motor. Inmediatamente se oyó como bajaban los cierres de la cafetería.

Los tres hombres se habían quedado pensativos.

VI

DOS VECES SALIÓ TIRSO del cuarto y anduvo haciendo el remolón por el pasillo y el recibidor, pero no logró ver a Remedios. «Le habrán dicho que se vaya.» Recordó la mirada fría detrás de la puerta entreabierta, la cara blanca, fofa, del homosexual que rompió el abrazo con su presencia. No había dicho nada, había procurado no hacer ruido ni aun el más leve, pero bastó verle para que la muchacha se desprendiera de Tirso y saliera a toda prisa de la habitación.

Cuando bajaba la escalera llevaba el convencimiento: «Seguro que la han echao a la calle». Y Tirso estaba tan acostumbrado a perder, que casi se quedó igual. Abandonó la fonda en busca del restaurante barato, dándose de cara con otro domingo más. Muy poco significaba para el guarda de la obra que fuera o no fuera domingo. En verdad no había otro día de relieve en la semana que los viernes, que era fecha de cobro. Los domingos estaban hechos para descansar, pero sólo quien pueda hacerlo; y eso allí y en el campo y dondequiera que sea.

«¿Tú no vas a misa nunca?» «¿A misa? Si el cura viene a trabajar por mí...» Dos ojos negros, grandes, profundos, como los de la madre. El pelo, no; el pelo castaño y rebelde era igual que el suyo. Y los silencios también. «No tengo tiempo de escuchar misa. Eso es para los ricos.» El hijo se mordía el labio inferior y se quedaba con la mirada fija, entendiéndoselas con sus reflexiones. «Éste sale a ti, clavao.» Y Tirso reconoció que era así, al verle tan callado, tan receloso, perdiéndose por rincones, jugando solo las más de las veces.

De los que pasaban a su vera, muchos habrían ido a misa. Para eso era domingo, y tenían un día entero para lo que quisieran, unas horas anchas, lentas, donde cabía de todo. La misa, el paseo, el fútbol, el cine o el baile.

Una tarde se acercó al chozo de los suegros el maestro del pueblo. «Este niño debe estudiar.» El maestro explicó que el chiquillo reunía buenas condiciones y que era una lástima que lo mandaran a trabajar en el campo para siempre en cuanto terminara el curso. Tirso llamó a su mujer: «Ya ves lo que dice don Ramón, que el niño debe estudiar». Lola se secaba las manos en el delantal y miraba al maestro, al marido y al hijo, sin saber qué decir. Más que halagada, parecía sorprendida. Dijo Tirso: «No, si por mí... Lo que pasa es que la vida, usté sabe, está muy mala». «Déjelo otro año en el colegio y luego ya veremos», aconsejó el maestro. Y se puso a hablar de la Universidad Laboral, de becas y de otros laberintos. «No, si a mí me parece muy bien, lo que pasa...» Tirso había dicho eso. Luego le pesó, porque fue considerando que el maestro le entendería mal, como si no quisiera que el hijo llegara a ser hombre de recursos. Estuvo por ir a verle otro día y decirle que sí, que estaba de acuerdo, pero el tiempo se le echó encima, llegaron las vacaciones y el maestro se fue del pueblo.

A los once años, ya andaba Tirso buscando hierba para el ganado, manejando la azada si llegaba el caso, haciendo mandados y cuidando las bestias. Desde los once años, como la cosa más natural del mundo, sabía lo que era ganar una peseta. Desde entonces atravesaba los domingos como si nada y como no fue muchacho alegre, porque huraño y seco de carácter lo trajo su madre al mundo, no supo sacarle a la juventud el mismo jugo que los demás. El hijo debiera librarse del mismo sino. El segundo era distinto, más vivo y juguetón, más picardeado. Era el granuja que se veía venir nada más romper a andar, sin equívoco posible.

Después de almorzar se pasó como una hora en los Jardines de Murillo, unas veces paseando, otras sentado en el banco de una glorieta, allí donde daba el sol amarillo y tibio de la tarde. De los arriates venía humedad que rezumaba en los azulejos y había que estar abrigado como él para no morirse de frío. Frente, estaba la fuentecilla donde acudían los niños a beber y a ponerse perdidos, porque para llegar a la taza metían los zapatos en el agua. Las criadas y las madres aumentaban con sus gritos y protestas el guirigay de los niños, mientras les pegaban con furia como si hubieran cometido un delito muy grande.

Aquél era el jardín sin viejos en los bancos, porque no era tiempo ya de tomar el sol que abriga y adormece. Era el jardín de noviembre, encrespado, con las ramas finas, desnudas, de los árboles clamando al cielo, con la savia dormida hasta que llegasen los pájaros en bandadas.

La gente pasaba por pasar, algunos por pasear, porque aquél fue siempre salón de andanzas de reclutas, muestrario de criadas vestidas de domingo, vereda de escarceos para dependientes de punta en blanco.

Todos pasaban ante los veladores amontonados, las sillas de tubos rojos y celestes de los bares sin clientela, llevando, ellas y ellos, la sonrisa como disfraz de la mala cara, porque el día frío no daba para más. El invierno se había dejado caer, arrancando hojas, acobardando a las flores, que no se atreven a salir hasta que llegue el visto bueno de la primavera. Sólo los niños jugaban como si nada, envueltos en sus ropas de abrigo, colorados por el sofoco de sus carreras y de sus caídas.

A Tirso le gustaban los jardines. En los pocos días que estuvo al frente de la Huerta Grande se las arregló para trazar con una cuerda un jardincillo nuevo delante mismo de la casa. Hizo círculos, trazó la línea de los arriates y buscó romero y plantones de rosales. Esperó que le gustara al amo, porque había puesto ilusión en la faena. Pero el amo llegó y ni se fijó siquiera. Al amo, lo único que le interesaba eran la huerta y el olivar. Ya había cometido la torpeza de plantar estacas en vez de naranjos en el rellano detrás de la alberca. Los caprichos muchas veces echan a perder las fincas. Tirso sabía de lo suyo más que el dueño, pero quien manda manda.

Si alguna vez le dijeran, que no se lo dirían, si quería ser jardinero, se pondría contento. Pero la vida es como es, y Tirso estaba acostumbrado a esperar, desde toda la vida, a que le vinieran las cosas muy distintas a como él hubiera querido. Si le hicieran jardinero, se darían cuenta en seguida de que sabía podar, que injertaba como el primero y que podía echarle un cuido a las flores como no es frecuente. Una cosa es jardinero y otra guarda de jardines. También le gustaría ser guarda, llevar la bandolera y el sombrero ancho, no por el traje, claro, sino por ver pasar la vida en paz, ganándola día a día al aire libre, que era lo que le sentaba, entre plantas, flor y arboleda. Casi como un árbol más. Viendo alrededor a la gente, a los niños, a las mujeres, a las parejas de novios. Ser guarda es un trabajo digno. Tanto como ser jardinero y a lo mejor más, por aquello del respeto. «¿Y a Castro, le gustaría ser guarda de jardines?» No, a Castro, lo suyo. El correteo por las aceras, la noche entre las esquinas, como el gato rubio de la obra. Hay gente para todo. Hasta para pasarse la vida esperando lo que no llega nunca.

—¿Tiene usté hora?

Preguntaba un niño, los ojos claros, la naricilla roja.

—No, hijo.

El niño se encaminó a otro banco y Tirso le siguió con la vista. Llegó el niño hasta donde se acurrucaban dos novios para repetir la pregunta. Podía el niño aquel tener la misma edad que el hijo segundo, el granujilla, el que un día —cosas de los niños...— le preguntó que por qué no se había casado con una mujer que tuviera mucho dinero. Tirso sonrió al recordarle.

Cuando las sombras de los árboles y de los muros corrían tras las parejas, y la tarde del invierno agonizaba entre tiritones, Tirso se apartó de allí y fue andando con su lentitud de siempre, por entre las calles estrechas. Llevaba a cuestas su condena de soledad, acuciada por los recuerdos que le venían de un modo irreprimible.

Oyó que le llamaban.

Era Florencio, desde un bar. Hacía tiempo, mes y medio, que no se veían.

Con él pasó un rato tomando unos tintos. Florencio vestía bien, tenía una gabardina nueva, chaqueta sport y pantalón bien planchado y llevaba los zapatos limpios, fulgurantes de brillos.

Sabía vivir y, como era listo, había aprendido mucho en el tiempo que llevaba en la capital. Seguía con sus negocios, que eran varios y muy distintos, porque se le daba el trapicheo como a nadie y compraba y vendía lo mismo chatarra que sacos. Dijo que estaba tratando de establecerse porque se iba a quedar con un almacén allá por la Candelaria.

—Había pensao en ti —dijo—. Tú eres hombre de confianza y así puedes dejar los albañiles.

Tirso le dio las gracias y Florencio prometió avisarle cuando llegara la hora.

Luego le contó que había ido por el pueblo la semana pasada a ver a los padres, que estaban enfermos los dos.

—¿Y cómo siguen?

—Tirando. Ya, con la edad que tienen...

Entre tinto y tinto, Florencio se animaba y le salían a relucir las ambiciones. «Si yo fuera como él», pensaba Tirso. «Nada más que la mitad que él...»

—Lo último que se puede hacer en la vida es darse por vencido. Mírame a mí. Lo que yo no comprendo es que tú dejaras aquello, que al fin y al cabo es lo tuyo, por meterte a guarda de una obra. Eso es lo último, Tirso. Aquí en la capital hay sitio para todos. Lo que hace falta es luchar y tener los ojos así de abiertos. ¿Te das cuenta?

Tirso decía que sí con la cabeza. Le hacían daño aquellas palabras porque se sabía cada vez más incapaz para la lucha por la vida.

—No se vive más que una vez, paisano.

—Es verdad.

—Te lo digo porque eso de guarda es para los jubilaos, para los que no pueden ya con su alma, no para ti, que estás en lo mejor de la vida.

—Sí, ya lo sé...

—Yo te avisaré.

Y le habló del porvenir de los hijos.

—¿Tú no piensas en tus hijos? —llegó a decirle.

Tirso no podía aguantarle más. Hizo ademán de sacar dinero para irse cuanto antes, pero su paisano le detuvo:

—Quieto. Aquí no te cobran —dijo. Y pagó él.

Se despidió Tirso diciendo que se le había hecho tarde y se fue dando un rodeo hasta la obra.

Cuando llegó a la caseta y hubo relevado a Aldana, que era quien solía quedarse de guarda los domingos durante el día, subió lentamente hasta la azotea del edificio.

La ciudad ancha, indolente, iba encendiendo sus luces. Un macizo de bloques y de calles, de espadañas y de chimeneas, de torres bonitas asomadas entre los anuncios luminosos, se extendían hasta perderse a lo lejos, a la débil luz de poniente. Cerca, el río con sus puentes y sus barcos con bombillitas que se reflejaban en el agua quieta. Los focos de los coches, en doble hilera, por las calles más anchas y un rumor sin pausa que se elevaba hasta la azotea, proclamaban el trajín de vida de la ciudad entera. ¡Cuántos hombres tenían allí, entre aquellas calles, su sitio propio! Los que se lo habían encontrado todo hecho y los que habían sabido conquistar día tras día, con ingenio y con trabajo, un lugar donde vivir. Como Florencio. Como acabaría consiguiéndolo Fede, según decía el sereno. Como el mismo Castro, a su manera.

HACIENDO ESTABA la primera ronda cuando Castro se detuvo a charlar con el hombre del pelo blanco. No sabía de él casi nada, ni siquiera el nombre. Tan sólo que era escritor y que se había pasado treinta años por lo menos en la República Argentina, por rojo seguramente.

Cada vez que lo veía procuraba mantener un rato de charla, porque admiraba a aquel hombre, que debía de haber leído mucho y que se expresaba de un modo tan distinto. La conversación venía a terminar en monólogo. En seguida Castro se limitaba a abrir la boca y a escuchar absorto las palabras del otro. Era un hombre educado, que a lo mejor permanecía embebido en sus pensamientos media hora o más, mientras alrededor, en un bar cualquiera, se discutía de todo lo habido y por haber. Pero cuando intervenía en la conversación, los demás acababan escuchándole. Marcelino le temía no fuera a meter la pata, porque no quería que en su establecimiento se alterara el orden. «Aquí, de política nada. Hablar de mujeres, de fútbol, del Papa de Roma, de lo que sea. Pero de política, ni palabra», decía. Era la fama que traía por aquello del exilio, lo que ponía en guardia al montañés.

Castro solía encontrarlo con frecuencia porque el escritor era noctámbulo.

—Lo he sido siempre y no voy a cambiar ahora —reconocía— la costumbre. Porque ha de saber usted que antes la gente salía de noche lo mismo en verano que en invierno y había donde se reunían para conversar.

—Sí, es verdad —reconocía el sereno.

—Todo ha cambiado. Unas cosas para bien y otras para mal. Todo, menos la manera de ser de esta ciudad, que en el fondo sigue siendo la misma. Ésta es la capital de la tauromaquia, la metrópoli de los grandes cortijos, la tierra del ole con ole. ¿Se da usted cuenta? Ya puede venir lo que venga, que esto seguirá igual. Yo he vuelto al cabo de treinta años y aquí están los mismos señoritos, los dueños de las grandes fincas, los incapaces de hacer nada por los demás. ¿Usted cree que en treinta años unos de estos multimillonarios donó un palacio, un jardín, una biblioteca, algo a la ciudad? En otros sitios, eso es relativamente frecuente. Aquí, ya ve...

Castro decía que sí con la cabeza y se quedaba pensativo, mirando al viejo rebelde que hablaba sin excitarse, serenamente, con tanta tristeza como aplomo.

—Ésta es la ciudad de las grandes fiestas, de las funciones benéficas, con dos estadios de fútbol y ni un solo teatro. País de analfabetos que tiene los colegios más suntuosos de España. Y si hablamos de música, ¿qué me dice usted? Para que la gente vaya a un concierto, tiene que ser de marchas procesionales. Ahora, eso sí, de aquí son los mejores rejoneadores, las mejores cupletistas y los jornaleros más buenos, más solicitados por media Europa.

Al oír lo de los rejoneadores, Castro se acordó

de don Fernando, que vivía en la útima calle, ganadero y rejoneador. «Si le oyera hablar...» A lo mejor no pasaba nada, pero pudiera ser que le pegara una paliza. No hace mucho, don Fernando —sus copas de más llevaría— llegó a una de sus fincas y arremetió sin más ni más contra el encargado, que era un hombre de edad, dándole tantas bofetadas como quiso. Castro lo supo porque la noticia llegó a la portera de la casa y ésta la distribuyó en seguida por el barrio.

—Por lo demás —continuó el hombre del pelo blanco—, todo marcha admirablemente, según dicen. Es una pena, ¿verdad?

—Sí, sí lo es —asintió el sereno.

—Cada cual con su comedia. Allá ellos.

Encontraba Castro que el viejo tenía algo de común con el sobrino Carlos. Los dos sabían callar y los dos hablaban, llegado el momento, de una manera apasionada, unas veces con claridad, otras en un lenguaje que parecía arrancado de los libros. Los dos disconformes con casi todo cuanto les rodeaba.

No siempre los entendía el sereno. El viejo, por ejemplo, tenía la manía de la enseñanza y a cada paso sacaba a colación que todos los males venían de la incultura, como si por no leer la gente fuera más granuja, más desalmada. Hablando de eso, el escritor buscó en sus bolsillos y extrajo el recorte de un periódico.

—Lea usted esto —le dijo al sereno.

Castro lo tomó en sus manos, se palpó los bolsillos en busca de las gafas, se acercó a donde había más luz y terminó diciendo:

—Lo siento. No me traje los lentes.

Se lo leyó el viejo. Era una Carta al Director publicada meses atrás en uno de los diarios locales y se refería a un colegio de pago, de mucho pago, dirigido por religiosos.

—«El pasado mes de abril fue expulsado del centro de enseñanza donde cursaba sus estudios de bachillerato, por falta colectiva de una de las clases de segundo curso —y recalcó lo del carácter colectivo de la falta—, si bien este alumno, de trece años de edad, recabó para sí la responsabilidad ante la amenaza del castigo para toda la clase.» ¿Se da usted cuenta? El fraile preguntó que quién había sido. El chico dijo que él. Y su gesto de honradez es premiado con la expulsión. ¿Eh? ¿Qué le parece? Bonita manera de formar hombres, ¿eh? Una forja a base del disimulo, de la hipocresía. ¿Y sabe usted cuál fue, que yo me he enterado, el delito? Se va a quedar usted perplejo: que el niño escribió en la pizarra la palabra «libertad». Figúrese usted: libertad. ¿A qué le sonaría al fraile una palabra así?

Siguió la lectura de la carta, que era larga, dolorida, razonada. Castro movía la cabeza con pesadumbre porque allí se hablaba del daño moral y del material a la familia, que no estaba en situación económicamente favorable.

—«...Como es lógico —seguía leyendo el viejo— esta expulsión supone la interrupción de los estudios que cursaba y, como debe ser examinado en el propio centro, no es difícil presumir los resultados de la prueba después del abandono en que mi hijo se ha visto sumido.» O sea, que los suspenden. Como venganza, ¿se da usted cuenta?

—Vaya... —musitó conmovido el gallego.

—Bueno, pero escuche usted, que ahora viene lo bueno: por derecho a un examen así, los padres han tenido que abonar el importe de las mensualidades... en que no ha asistido a clase. ¿Qué me dice usted?

Dobló nuevamente el papel después de haberlo leído en voz alta hasta el final —«Con qué entonación lee este hombre», pensaba Castro—, y concluyó diciendo:

—Y esto, ya le digo, en un colegio que es de los más caros de la ciudad, donde para matricular a un niño hay bofetadas. En un colegio de lujo, que no está aquí en el barrio, donde los frailes hacen y deshacen como quieren y lo que quieren, en pleno siglo XX, después del Concilio, después del Papa Juan, después de tanto como ha llovido.

Todo esto lo decía el viejo con los ojos brillantes, pero sin alterar la voz. Luego contó más cosas, porque al hombre le preocupaban tanto esos problemas que tenía coleccion de anécdotas por el estilo. La que más conmovió al sereno fue la del niño que tuvo que dejar un colegio, también de religiosos, porque a mitad de curso se le había muerto el padre. La viuda dijo que se había quedado sin nada y al muchacho le cerraron las puertas.

Estaban en la puerta de un bar. El escritor conocía todos los bares porque se pasaba muchas horas en la calle y se complacía en ir entrando a ver a la gente y oírlas hablar. Pedía vino tinto y con un solo vaso se pasaba el tiempo, las más de las veces sin decir palabra.

Castro no sabía siquiera el domicilio de aquel hombre. Vivía en el barrio, pero no en su demarcación. Por saberlo, que así era de curioso, le dijo que le gustaría leer algún libro suyo.

—Si buenamente puede ser, claro. Yo iría a su casa y, después de leerlo, se lo llevaría de nuevo.

Así, de paso, se enteraría del nombre y de todo lo demás, porque a Castro le bastaba saber dónde vivía cualquiera para sacarle la biografía completa. Pero el escritor respondió que él mismo se lo traería.

—Yo me echaré un libro en el bolsillo y mañana mismo se lo entrego.

AL PASAR ante la portería de Fede, Castro se asomó a ver a su amigo. No estaba en el vestíbulo, sino en el interior, arreglando un grifo. Le encontró vistiendo un mono celeste, que usaba para estos y otros menesteres. Durante unos minutos permaneció viéndole cómo se desenvolvía en la faena, colocaba una hebra de yute en las ranuras, enroscaba el grifo y terminaba, feliz, abriendo nuevamente la llave de paso. Dio un golpe triunfal con la llave inglesa en la cañería y exclamó con una sonrisa amplia de satisfacción:

—Donde yo esté no hacen falta fontaneros.

Fue guardando cuidadosamente las herramientas, se despojó del mono y se puso la chaqueta del uniforme. Eso lo hacía siempre con un gesto ceremonioso, como si se vistiera de embajador por lo menos. Iba colocando los botones en los ojales y estirando la ropa para que no quedara un solo pliegue. Se miraba y remiraba en el cristal de la puerta y, al abotonarse el cuello, levantaba solemnemente la barbilla.

—Y ahora, una cerveza.

Dio aviso a la mujer de que se iba, para que ella estuviera al tanto de la portería, y empujando a Castro, salió con él a la calle. Cuando llevaban andados unos pasos, Fede se detuvo y se puso a mirar al bloque de enfrente.

—Se ha enterao usté, ¿no?

Castro miró fijamente a la fachada, tratando de averiguar a qué se refería el amigo.

—¿No sabe usté que esa casa se cae?

—¿Cómo que se cae?

—Que está llena de grietas de arriba abajo.

—Pero si está acabada de hacer.

—Eso es lo grande del caso, que está acabada de hacer y ya la tiene usté en la ruina.

—¿Y qué dice el propietario?

—El propietario, no. Los propietarios, porque esa casa se vendió por pisos y cada piso costó cerca del millón. El que las vendió no quiere saber nada. Dice que eso allá el arquitecto. Yo creí que usté lo sabía...

Era de las pocas cosas que Castro no sabía, y le molestaba tenerlo que reconocer.

—Hay que fijarse lo que es soltar la tela, montar la casa y que a los pocos meses le digan que ha comprado una casa en ruinas. La cosa es como para tomar cerillas...

Siguió Fede dando pormenores y cuantos más datos aportaba mayor era la humillación del sereno, porque se daba cuenta de que no estaba al tanto, como él se creía, de cuanto pasaba en su demarcación. Pronto dejó de prestar atención a las palabras de Fede; su imaginación le llevaba al interior de la casa desdichada. Por allí, en su cuchitril, estaría el portero de la finca, un sujeto con cara de chino al que veía con frecuencia salir hasta la acera con un babi gris y una escoba en la mano. Había hablado con él poquísimas veces, porque tenía muy poco agrado. Subiendo la escalera, Castro se fue plantando imaginativamente en cada uno de los pisos. En el del profesor de la Universidad, alto, de pelo ceniciento, que tenía libros hasta cerca de la puerta y figuras rotas de barro y piedra por los pasillos. Allí vivía, en el piso de al lado, el dueño de unas pañerías de Triana, con el recibidor lleno de unas láminas con flores de colores y muebles pegajosos de barniz. Y en la misma planta un médico, especialista en algo y especialista en enfermeras bonitas. El censo del vecindario quedó incompleto, porque Fede dio un golpe en un hombro al sereno, le acercó la boca a una oreja y dijo:

—Y, ahora, agárrese usté. Les han dicho que no tengan muchas esperanzas en ganar el pleito.

—¿Y eso?

—Es lo natural, Castro. Los peritos, que no se ponen de acuerdo. Cada perito tiene que dar un informe y ya sabe usté lo que pasa con esas cosas.

Castro no estaba muy seguro de lo que podía pasar con esas cosas, pero dijo que sí.

—¿Usté iba a informar mal de un compañero? La verdad, Castro.

—Hombre...

—Pues eso es lo que pasa.

En seguida Fede se explayó hablando de lo que es la conciencia y de la falta de vergüenza que tiene la gente, que cada cual va a su avío y le importa poquísimo la situación de los demás.

—¿Es así o no es así?

—Sí, señor. Así es —reconoció el sereno.

Prosiguieron después de estas consideraciones su paseo, hasta llegar al bar que frecuentaba Fede.

—Pase usté.

Castro entró seguido de Fede y los dos hombres se acercaron a la barra. El portero pidió una cerveza grande y Castro un café con leche. Fede comentó con un camarero la noticia que del fichaje de un futbolista había aparecido aquella mañana con grandes titulares en los periódicos. El otro no estaba de acuerdo y entre chunga y veras se enredaron en una discusión en la que Fede se lució con sus chirigotas. Castro se desentendió de la charla porque el fútbol no le importaba absolutamente nada. Jamás había visto un partido, ni siquiera en televisión y ni entendía de aquello, ni se explicaba cómo se tomaban tan en serio hombres hechos y derechos el juego del baloncito. Apuró el café y se disponía a irse cuando sintió que el portero, sin dejar de hablar ya no con el camarero, sino con tres parroquianos, le sujetaba el brazo para que no se fuera.

—Un momento, Castro; tengo que decirle algo.

Y siguió durante un rato desarrollando sus conocimientos balompédicos. Él solo contra tres. Y dos más que había en el bar, pendientes también de la discusión.

Pensó Castro qué sería lo que el portero le iba a decir. Algo sobre el guarda de la obra, seguro. Sobre el episodio de la noche anterior.

De pronto, Fede se llevó el vaso a la boca y bebió de golpe toda la cerveza. Luego suspiró, dio bruscamente por terminada la discusión y se volvió de nuevo al sereno.

—Escuche usté —le dijo—. Estuve hablando con el amigo que es apoderado de unos grandes almacenes. ¿A usté le sigue interesando entrar allí de vigilante?

—Hombre... —respondió Castro, a quien lo del nuevo empleo le cogía desprevenido.

—Se lo digo —prosiguió Fede— porque si a usté le interesa yo le doy la dirección y mañana se presenta a verle.

—Bueno, démela usté.

Fede sacó un bolígrafo, buscó un papel en los bolsillos y, no encontrándolo, tomó una servilleta de papel de seda, de las que había sobre el mostrador, y escribió en ella las señas.

—Vaya usté por la mañana. Hasta las dos está allí.

El gallego plegó la servilleta y la guardó en un

bolsillo. Luego pagó —por primera vez lo hacía— y salió a la calle.

Iba pensando en su nuevo empleo, el que le venía cuando no lo esperaba ni apetecía. Trató de convencerse de las ventajas, de pasar la noche a cubierto, resguardado del frío y del relente, del sueldo fijo y del retiro y del Seguro de Enfermedad. Quiso, a toda prisa, sentir alegría por tanto bueno como se le venía encima, pero tenía una imagen ya elaborada —local blanco, luces blancas y fijas la noche entera— que le resultaba antipática. Los grandes almacenes se los representaba como una gran urna cegadora de luz, ausente de gracia, y al evocar esta imagen que se había ido fijando días atrás, sentía ahogos porque percibía de antemano el olor de tantos miles de objetos inertes como tendría que guardar.

Iba el gallego por la acera, deteniéndose de trecho en trecho, mirando mansamente, amorosamente cuando le rodeaba, invadido por una súbita melancolía como si se estuviera despidiendo de cada una de las esquinas, de los portales, de los escaparates. La noche al aire libre era su mundo, un mundo gatuno de allí voy y aquí me quedo. Mientras resistiera en su puesto era hombre entero, seguro de sí mismo, feliz, a pesar de los achaques, sano, aun con las protestas de la pierna enferma. Seguía necesitando cada noche ir al encuentro de la intemperie, brujulear, enterarse de chismes, sentirse útil y sentirse a gusto; ver a la gente, sentir sus risas por las ventanas abiertas, hacer un favor, recibir propinas, acabar rendido cada vez que se apuntaba la aurora.

Esta fruición íntima, sentimental y necesaria para seguir viviendo, no sabría explicarla a nadie. Ni a Fede ni, mucho menos, a la mujer. Aquella misma tarde, Dolores le había preguntado si sabía algo del empleo. Castro contestó que no. «Háblale al portero otra vez.» Mintió: «Todos los días se lo recuerdo». Dolores contestó muy convencida: «¿Sabes lo que te digo? Que el portero ese amigo tuyo es un farolero». Y señaló las ventajas de tener un trabajo al resguardo. «No por mí, sino por ti. Yo lo que quisiera es que dejaras de trabajar de noche, y que durmieras conmigo, como hacen todos los maridos.» Al día siguiente; o al otro, le volvería a preguntar lo mismo y a repetirle: «Es por ti, que ya no estás para estos trotes».

Muchas veces había pensado que, efectivamente, no estaba ya para vagabundear por la madrugada. Pero pensaba también que el día que dejara de hacerlo sería un darse por vencido. Ser guarda en un fanal equivalía a reconocer que no servía para otra cosa. Y sería dejar de vivir su verdadera vida. No podría explicarlo, no. Lo tomarían por loco o por memo, por sentimental o por estrafalario. A lo mejor, quién sabe, hasta pensarían mal. Para explicarlo tendría que empezar diciendo que la noche tiene sus encantos; no para el que está de guarda en una obra, encadenado a los ladrillos húmedos, sin ver otra cosa, una noche y otra noche, que lo que tiene delante de los ojos. Ni para el que se aburre guardando el mírame y no me toques de los grandes almacenes. Para explicarlo tendría que ahondar más y decirle a la mujer lo que no podía de ningún modo confiarle, sin herirla profundamente.

Se abrió un portal. De un coche bajó un matrimonio, que fue recibido por el vecino del tercero, un hombre alto, de cabello rizado, bigotes y lentes de montura ligera. Castro alzó la vista y vio cómo se asomaba presurosa a la terraza una mujer de cabellos negros: la esposa del que había bajado.

En aquel piso se celebraban frecuentes fiestas a las que acudían el alcalde, gente de fuste, americanos, toreros y pintores. La dueña de la casa, guapa, vistosa, celebraba a cada momento algo, no se sabía qué; a lo mejor, nada, sino el simple gusto de invitar a sus amistades. Era una casa bien puesta, con buenos muebles y muchos cuadros, y a Castro le gustaba asomarse cada primero de mes porque era hombre tan sencillo como novelero y se quedaba encantado viendo pasar, entrar y salir a la dueña, con un traje que a él le parecía distinto siempre.

Era aquél un matrimonio muy relacionado, que salía en los periódicos y que vivía bien cada uno con su coche. Castro sentía simpatía por ellos, porque eran gente tratable y porque había oído decir que ella se ocupaba de organizar tómbolas y cosas parecidas para hacer viviendas a los humildes.

Castro cruzó la calle y dio las buenas noches. Luego comprobó que las portezuelas del coche recién llegado habían quedado bien cerradas.

—Échele un vistazo de vez en cuando —dijo el dueño del auto.

—Descuide usté. Yo vigilaré —contestó el sereno.

El otro le dio una propina.

—Gracias.

Rara era la noche que no le venían propinas así. Sumadas, representaban un dinero nada despreciable.

A través de la cancela encristalada que servía de portón, Castro los vio meterse en el ascensor, camino del piso.

«No me alejaré de aquí. No tardará en llegar alguien más a la fiesta.»

Había enfrente un bar y hacia allá se fue para vigilar desde el quicio de la puerta.

La noche estaba fría. El invierno, después del primer intento brusco, volvía poco a poco por sus derechos. «Es verdad que se me ponen los pies helados.» Era verdad, que con el frío le venía a la vista un malestar y le lloraban los ojos cuando se resfriaba. Y que le hacía renegar con frecuencia, exclamando que la noche está hecha para dormir y no para pasarla en vela. Pero podía más el sentimiento, el gusto por la profesión, sentirse responsable, casi autoridad; y el gusto de tomarle cada noche, cada madrugada, el pulso a las calles y a los vecinos.

En sus largos años había hecho de todo, de correveidile, de acompañante, hasta de alcahuete, que todo se sabe. Más de una vez se prestó a llamar a la policía, a ir en busca de un médico, en busca del cura. Una vez tuvo que preparar a un vecino que volvía a las tantas, sin saber que la mujer había muerto de repente. Mientras el otro, que venía bebido, se afanaba confuso en abrir la puerta, Castro le cogió del brazo y le iba diciendo: «Tenga usté valor; necesita usté valor. No somos nadie». El vecino, extrañado, le increpó: «Pero ¿qué pasa? ¿Está usted borracho, o qué?» Y Castro, muy gravemente, le contestó: «No estoy borracho, señor. Lo que le digo es que tenga usté valor, porque su señora está acabando». «Mi señora...», balbució el trasnochador, empezando a ver claro. «Son cosas que manda Dios...», dijo el sereno. Castro le tomó las llaves, abrió la puerta y lo metió en el ascensor. «¿Quiere usté que le acompañe?» El otro dijo que sí y mientras el ascensor subía se fue poniendo pálido como un muerto y pareció que iba a desplomarse. Antes de abrir la puerta preguntó: «¿Ha muerto, verdad?» El sereno dijo que sí con la cabeza, y el hombre se puso a llorar ruidosamente, convulsamente, como si la mujer hubiera muerto por su culpa.

Otra vez, en cambio, casi tuvo que actuar de comadrona, porque en la misma puerta de una casa, cuando volvía del cine con su marido, una señora se puso a gemir diciendo que le había llegado la hora, que lo sabía muy bien por los dolores. Y se negaba a subir diciendo que no podía dar un paso. El marido se quedó sin saber qué partido tomar, porque no debía de ser hombre de decisiones rápidas y llamó al sereno, que venía por la acera. «Mi mujer se ha puesto mala.» «¿Quiere que vaya a la farmacia?» «¿Qué farmacia ni farmacia? Si es que va a tener un niño. Y ahora mismo.» Al marido, de nervioso que estaba, daba pena verle. «Que tengo el hijo... que lo tengo aquí mismo», gemía la mujer. «¿Aviso a una comadrona?» «A quien sea», suplicó el hombre mirando asustado a la mujer, sentada en el escalón de la puerta. Castro lo que quería era quitarse de en medio, porque no se había visto nunca en caso semejante, y cuando esperaba el número de teléfono que debían darle, oyó que la mujer decía: «Un taxi...» Castro corrió en busca de uno a la parada y al llegar se encontró con que la mujer se había puesto de pie. «Se le han quitado los dolores», dijo el marido. «Pero volverán en seguida, porque el niño está al venir.» A la noche siguiente, Castro se fue derecho a la portería de la casa a preguntar si el niño había nacido en el taxi. La portera se extrañó: «¿En el taxi iba a nacer?» «Pues no sería el primer caso», respondió el sereno. Entonces la portera le contó que todo se había quedado en falsa alarma y que el niño no había nacido ni en el taxi ni en la clínica.

También una vez fue en busca del cura porque un individuo estaba tendido en el suelo, cerca del quiosco del periódico. Avisó en seguida al 091 y luego se agachó sobre el hombre, que estaba muy mal, como moribundo. Entonces se le ocurrió que la policía podría llevárselo en seguida a la Casa de Socorro, pero que no estaría de más que un cura le bendijera, por si acaso se moría antes de tiempo, y corrió a la parroquia, aporreó la ventana y en menos de diez minutos, al momento de llegar la ambulancia, el párroco trazaba la señal de la cruz sobre el cuerpo casi inerte. «Perdone usté que lo haya hecho levantar», se excusó Castro. Y el párroco contestó: «No, si has hecho muy bien. Eso es lo que deben hacer los cristianos en cuanto llega un caso así».

Sería muy difícil convencer a la mujer. ¿Cómo iba a saber contarle que cada uno de estos y tantos otros episodios entretejían una red de emotividades? En aquella parte del barrio, cada piedra, cada ladrillo, cada vecino formaban parte de él, en una especie de extraña pertenencia. El alma del gallego se esponjaba fácilmente de ternura al recordar sus encuentros con aquella gente, unos ricos, otros no tanto, algunos pasando apuros y malas rachas, que bien lo sabía él. Tirso solía decirle con demasiada frecuencia: «Parece mentira que sea usté tan ingenuo, que sepa tan poco del mundo». Ya lo creo que sabía del mundo y de los hombres. «El que quiera saber cómo es la vida, que se meta a sereno.» Lo que no podía remediar era esa tendencia de tomarle cariño a la gente. «Cada uno tiene sus problemas y su manera de ser. Si usté ahonda verá como casi nadie es malo.» Y Tirso replicaba, agrio, con la malicia del campesino: «Lo que yo le digo es que hay cada hijo de su madre...»

No llegaba nadie más a la fiesta y Castro echó a andar acera arriba, a dar otra vuelta por su demarcación. Pasó ante la casa de Fede. Ya las luces estaban apagadas y el portero dormiría profundamente. Al llegar ante el edificio ruinoso, Castro se detuvo. Le vino de pronto la idea de que lo de las rajas en los techos y en las paredes fueran broma del portero, que bien le conocía, y que se lo había dicho para hacerle rabiar. Otras casas había en el barrio aquejadas del mismo daño. Pero que le ocurriera a aquélla, que llevara semanas en peligro sin que le hubieran llegado noticias, no tenía visos de realidad. «Lo aclararé mañana mismo.» Iría en busca del chino, charlaría con él, le daría un cigarrillo... No, un cigarrillo, no; tendría que darle un café, porque el tal no fumaba.

Aquélla era la historia de la noche. La anterior, lo de la cartera. La noche es aburrida. Aburrimiento, pasar las horas con las luces blancas, oliendo a tela, oliendo a colonia, en la cárcel límpida de los grandes almacenes. ¿Cómo explicar eso?

Siguió andando. Pensó irse a la obra, pero consideraba que Tirso no merecía que le acompañara un rato. Había vuelto a ser el hombre seco, amargo, digno de lástima por su mal carácter. Que siguiera en su soledad, tan huraño como le parió su madre.

Y se alargó al garaje. Allí se sentaría un poco, al resguardo del frío, hasta que sobre las dos de la mañana volviera a la casa donde se celebraba la fiesta. Sobre las dos, a veces hacia las tres, solían marcharse los invitados, como si tuvieran establecida la hora fija.

El periodista regresaba a su casa en su coche utilitario. Acababa de pasar el puente nuevo sobre el río y se metió por las calles del barrio, estrechas, lineales, entre las dos hileras de coches aparcados. En el periódico había aludido muchas veces el disparate urbanístico de aquel barrio sin ton ni son, ridículamente trazado sin jardines, casi sin plazas, sin orden ni concierto. En el periódico podía escribir contra la política municipal. Nada más que contra la política municipal. Y el barrio desdichado de las calles estrechas y edificios desgarbados era tema goloso, ideal como ninguno, porque en definitiva nadie se consideraba responsable de su trazado.

Detuvo su coche, subió el cristal de la portezuela, salió y lo dejó bien cerrado. Seguían robando coches. Y en aquella calle, no sólo autos, sino en el interior de los pisos. No tenía nada de extraño; el periodista miró alrededor y no vio a nadie. Con la soledad y el desamparo, no había calle más propicia, más incitante para los ladrones en toda la ciudad.

Entró en su casa, subió la escalera y penetró en el piso. El sonido rítmico, incansable, del reloj de pared se agrandaba en el silencio.

Fue asomándose a los cuartos de los niños, pasó por el lavabo, se desnudó y se metió en la cama: algunas noches la mujer se despertaba y entonces les daban las dos, despabilados entre la tibieza de las sábanas. Otras, más que despertar, la mujer emergía en una duermevela de voz apagada: «¿Ya has vuelto?», o «¿Cómo te ha ido?» «Lo mismo de siempre.» Todo él se sumergía entonces en el olor y calor de mujer. Luego volvía el silencio en la luz débil que penetraba desde la calle a través de las ranuras de las persianas. A la mañana, diría ella: «No te sentí entrar». «Pero ¡si estuvimos hablando!» «¡Ah, sí?, te contestaría dormida.»

El periodista extendía las piernas, hundía la nuca en la almohada y miraba al techo. Como si no fuera a dormirse nunca. Le pasaba igual todas las noches. Eran unos minutos para darle un repaso a la jornada, para evocar una frase, para soñar despierto en lo que podía hacer y conseguir cualquier día que tuviera oportunidad. Se le iban las fechas en una procesión que no había modo de detener; una sucesión de semanas, de meses, de años, cada vez más rápida, más implacable. Hasta que llegaba de pronto el sueño.

Un compañero se había quejado del artículo sin firma que no salió. Los celillos profesionales. El periodista pensaba que esa profesión, la de los que rellenan periódicos, es muy parecida a la de los artistas de teatro. Unos y otros trabajaban de cara al público, en un esfuerzo diario, muchas veces penoso, con tal que el nombre de cada cual no quede postergado, la firma, la pequeña y disculpable vanidad de la firma. Es lo que menos puede pedir quien se pasa la vida ensalzando a seres con más fama que méritos, repitiendo alabanzas para los demás, contando proezas que no lo son, y sirviendo a quien no sabe agradecer lo muchísimo que le debe a la condescendencia de la letra impresa. Esto es la firma —solía decirlo el periodista muchas veces—, es la pequeña golosina para quien lucha día a día sin pertenecer a sí mismo, sin tener siquiera libertad absoluta para opinar, porque por encima o por debajo de lo que considera su verdad están las verdades de quienes mandan, de quienes pagan, de quienes influyen.

«No quiero que mis hijos sean periodistas», decía a cada momento. «Que sean médicos, o arquitectos, o que sean oficinistas; periodistas, no.» Pero callaba la otra verdad del cuento y era que si volviese a nacer, dedicaría su nueva vida al periodismo.

Días atrás le encargaron la información detallada de un suceso. Un ganadero muy conocido en la ciudad, Antonio Carmona, había sufrido un accidente en la carretera de Madrid, a poco de salir de una sala de fiestas. Con él iba la famosa cupletista Gloria Montilla, que al volcar el coche quedó malherida y no se mató de puro milagro. El accidente trascendió a medias. Lo de la Montilla había que publicarlo, porque había por medio asuntos de contratos, pero del tal Carmona no se dijo nada. Había a toda costa que evitar el escándalo. Resultaría muy poco edificante que un hombre tan enraizado en la sociedad, tan famoso por sus relaciones con los hombres públicos, padre de una buena familia, apareciera en letras de molde con motivo de un accidente inoportuno. Nadie dio la orden tajante para que la noticia fuera truncada. Sólo insinuaciones, consideraciones a la moral. El periodista tuvo que dejar sin hacer su información y ocuparse en otros casos más baladíes, como el de la muchachita de diecinueve años —nombre, apellidos, domicilio— que había desaparecido de su casa, posiblemente con el novio; y el del individuo —edad, profesión, domicilio, nombre y apellidos— que había sido herido en una pelea por un granuja que rondaba a su mujer.

Al periodista no le gustaba la sección de sucesos. No le iba con su carácter, con su sensibilidad, así que cuando rompió las cuartillas que tenía escritas sobre el caso, no lo sintió en absoluto. Le molestaba tratar de asuntos así. El tal Carmona no le resultaba simpático. Le había visto alguna vez en un acto público, como cuando hizo entrega de unos terrenos en la carretera de Huelva, para que se levantaran unas escuelas profesionales. Se publicó una extensa reseña y la foto del acto, en la que Carmona aparecía mirando con petulancia por encima de todos los demás.

Aquella misma noche se había vuelto a hablar del accidente y un compañero de redacción contó anécdotas atribuidas al ganadero. Otro contó lo que sabía de la Montilla, de cuando se encaró por las bravas con uno del público que le gritó algo y ella le puso de cornudo y de hijo de mala madre; y de cómo se jactaba de la cantidad y calidad de amantes que había tenido. Esto fue, lo corroboró el otro compañero, durante una fiesta de sociedad, porque a las aristócratas les había dado por la Montilla y la traían y llevaban como a una amiga más de toda la vida, riéndole las gracias y presumiendo de su compañía.

En estos pensamientos estaba el periodista mientras el sueño persistía en su juego del llego y no llego. En el comedor sonaron las campanadas solemnes, lentas, sones rotundos como de reloj de catedral venido a menos. Luego, otra vez el silencio. Un silencio largo y hondo. Y de pronto, cuando ya parecía que iba entrando de puntillas en el umbral del sueño, le llegó al hombre un ruido grave, prolongado, como de tormenta o de explosión lejana.

CASTRO TAMBIÉN SE SOBRESALTÓ. Incorporó la cabeza, que tenía hundida, con la barbilla rozando el pecho, abrió los ojos y miró alrededor. «La empresa no se hace responsable de la pérdida o deterioro de objetos de valor», se leía en letras de añil sobre la pared blanca. «En caso de incendio, la empresa no se hace responsable de los coches», se decía en la pared de al lado.

—¿Qué ha sido eso? —preguntó el sereno.

El vigilante del garaje se encogió de hombros.

Entonces le vino a Castro el recuerdo de la conversación con Fede y pensó en el bloque nuevo que amenazaba ruina.

—¿Usté no ha oído como si se derrumbara algo?

El vigilante se quedó con una expresión como si escuchara de lejos. Como si el ruido que no oyó se fuera a repetir para los que no se habían dado cuenta.

—¿Lo ha oído usté o no lo ha oído usté?

—Yo no he sentido nada —contestó por fin el vigilante del garaje.

Castro se levantó de su asiento, lanzó un bostezo sonoro y mientras levantaba los dos brazos, chascó la lengua y se fue hacia la puerta. Eran las tres y cinco de la madrugada.

—Daré una vuelta —dijo, y salió a la calle.

No había sitio mejor que el garaje para matar las horas. Sobre todo si llovía, porque bajo la alta techumbre de uralita se estaba perfectamente a resguardo. A partir de ciertas horas, no entraba ni salía nadie. Los coches aguardaban silenciosos como el más tranquilo de los rebaños, en reposo los caballos de sus motores, a cubierto del relente sus carrocerías. Siempre había entre ellos uno o dos en reparación, a lo mejor con el motor desquiciado por la avería o con las planchas tan arrugadas y maltrechas después de un accidente, que era más chatarra que propio coche.

Cuando Castro buscaba refugio allí, que era por lo general un rato cada madrugada, sentía que el olor a grasa, a gasolina, le impregnaba la nariz. Al cabo del tiempo, el olor desaparecía como si hubiera acabado con él a fuerza de respirarlo. «Éste es un buen negocio, ¿verdad?», solía comentar con el vigilante del garaje. «Calcule usté —contestaba el otro—. Aquí entra el dinero a espuertas.»

Caminaba Castro derecho hasta la calle donde vivía Fede. Le preocupaba que se confirmaran sus sospechas y que la casa de las grandes grietas, la casa en súbita ruina, se hubiera venido abajo con todos los vecinos dentro. Pero en cuanto dobló la esquina, la vio tan aparentemente firme como siempre. Se fue acercando a la fachada. «Gracias a Dios», pensó.

Años atrás, cuando tenía su empleo de sereno allá por San Lorenzo, una casa se derrumbó durante la noche. Pero no era un edificio nuevo, sino una de tantas viviendas viejas como se arruinan con los años y con la incuria. En la ciudad hay muchas casas antiguas, con muros de ladrillos, paredes que se comban, cornisas y balcones que van perdiendo la horizontal. Casas llenas de grietas que soportan a duras penas el peso de familias numerosas. Muchas, cuando presentan los síntomas de agonía, son apuntaladas, en burda y urgente ortopedia, y les salen palitroques mostrencos como si fueran muletas de tullidos. Otras se derrumban cualquier noche, en cuanto llegan las primeras lluvias. Hay un sexto sentido o un ángel que no es el exterminador, que se encargan de avisar a tiempo, las más de las veces, a los inquilinos.

Se imaginó que si la casa se hubiera hundido, estaría en vilo la calle entera. Alguien habría dado el aviso y allí estarían las ambulancias, los bomberos, la policía. Se habría armado el barullo angustioso, el desbarajuste supremo, lo que luego reflejaría la prensa en frases como «cuadro dantesco», «se sucedieron las escenas dramáticas y emotivas»... ¿Cuántos muertos? ¿Cuántos heridos? La imaginación del gallego tenía tema para trabajar de lo lindo, acumulando detalles patéticos, porque era de suyo novelero y porque estaba impresionado todavía del brusco despertar.

«Lo habré soñado...» El vigilante del garaje no había oído ruido alguno. Bien es verdad que el tal era algo sordo, que había que repetirle las cosas más de una vez porque no las cogía a la primera, pero sordo y todo era raro que, estando despierto, no oyera aquel bramido de desplome que al sereno le había quitado el sueño. «Será eso. Que estaba soñando», admitió.

La casa tenía las luces apagadas. La calle estaba en silencio. Castro recordó la fiesta que se celebraba en el piso del matrimonio famoso, sacó el reloj y se dio cuenta de que a lo mejor estaba a tiempo todavía de ver salir a los invitados. Decidió ir hacia allá y, para llegar más pronto, tiró por la calle donde Tirso guardaba cada noche la obra.

SOBRE LAS DOS de aquella madrugada, Tirso había subido lentamente hasta lo más alto del edificio. Ya no era la estructura a secas, porque desde hacía un par de días, al siguiente de colocar la bandera, hileras de ladrillos iban formando paredes, recubriendo pilares y formando tabiques. Ya se había hecho lo principal, lo más engorroso y lo más difícil. Ahora, el bloque se vestía y tomaba cuerpo y apariencia de lo que tenía que ser después. De arriba abajo, a toda prisa, surgían paños de ladrillos, huecos para las ventanas. Se iba corriendo la gran persiana del material, la túnica de la casa-casa, como vestido que se coloca por la cabeza.

Para Tirso era novedad porque por primera vez trabajaba al lado de los albañiles y porque la obra que guardaba cambiaba de facha a toda prisa. Por eso casi tenía que orientarse al llegar a la última planta, en la oscuridad casi total del laberinto de medios tabiques.

Era la segunda vez que subía aquella noche. Un

rato antes, inquieto como estaba, enredado en sus deseos insatisfechos, había salido de la caseta envuelto en el capote y con la boina encasquetada hasta las cejas, con la ansiedad de tropezar con alguien. Era una especie de locura muy concreta. Hubiera dado el transistor y cuanto le quedaba en el bolsillo por la compañía de una mujer. De la suya propia. Lola... Se le venía al paladar y a los brazos el recuerdo de la esposa y husmeaba, mientras se dirigía a la tapia, buscando en el aire el olor de la mujer callada, vencida por el cansancio, apática cada vez más en los últimos tiempos. La que decía: «Si hubieras tenido un día como yo, ya verías qué pocas ganas...» «Tú nunca tienen ganas», le respondía Tirso. Pero con ganas o sin ellas, el hombre y la mujer acababan por encontrarse. Él sabía cómo y en qué momento, con qué palabras y con qué caricias.

Al llegar a la tapia había arrimado el cajón lo mismo que la noche anterior y se había subido en él. El aire frío le dio en la cara y le molestó en los ojos, mientras buscaba con la mirada por encima de la tapia. No había nadie. ¿Quién iba a estar allí, con aquel tiempo y a aquella hora? Entonces fue cuando le dio por subir nuevamente a la planta más alta, a ver si desde allí, aunque fuera de lejos, veía algo de lo que le pedía su locura.

Nada vio tampoco desde arriba, sino otra vez la ciudad extensa y vuelta de espaldas. Detrás, lejos, la loma suave del camino de los pueblos, camino del suyo. «Si vinieras siquiera un domingo», le había escrito la mujer, con la letra del hijo mayor.

No un domingo, sino lo que le quedaba de vida... «Si me presentara de pronto, sería precisamente por Lola.» Ni siquiera por los hijos. Por la mujer, por la carne y los besos de la mujer. Por la que le dejó ir como si él no fuera nadie para ella.

Como sentía frío intenso y en las alturas de la azotea no tenía nada que encontrar, Tirso fue bajando a tientas la escalera hasta llegar al bajo. Le dio entonces por acercarse a la acera. Por aquellas horas era muy difícil que pasara nadie. Una docena de coches relucían bajo las luces de la calle, los mismos que cada noche quedaban aparcados en la acera de la cafetería. Por ser aquélla una de las calles últimas del barrio, raro era que circulara ningún coche durante la madrugada. Tan sólo el del vecino que llegaba tarde o el de aquel que buscara salida hacia la carretera por un ramal que se metía en el campo.

En el bloque de enfrente, una sola ventana se veía encendida. Tras el recuadro amarillo, Tirso pensó que podía haber un hombre y una mujer, porque en aquellos momentos no podía pensar en otra cosa. El solitario no hacía más que explayarse en los mismos pensamientos. Quiso fumar, pero no tenía el tabaco consigo, sino en la caseta. Y cuando quiso ir por él, y ya se apartaba de la acera, notó que alguien se acercaba. Oyó el leve taconeo sobre los baldosines y se volvió bruscamente. Le pareció que soñaba. Una mujer joven, con un abrigo oscuro y un pañuelo sobre la cabeza, se le acercaba no muy decidida. Tirso notó un repentino brinco dentro del pecho y como si las piernas le temblaran y la boca se le quedara seca.

—Tú...

Remedios traía la cara fría y al juntarla con la del hombre, todo el cuerpo parecía estremecerse convulso. La luz de la ventana se había apagado. No había testigo alguno del abrazo.

—Ven.

La llevó hasta la caseta. Ella miraba pálida, sorprendida, alrededor. Tirso buscó el botellín, desenroscó el tapón y lo arrimó a los labios de ella. Luego, bebió él también. Se secó con el dorso de la mano y sonrió.

—Me alegra que hayas venido.

Ella tenía los ojos igual que si fuera a romper a llorar.

—¿Aquí? —preguntó el guarda. Era una pregunta que se hacía a sí mismo. Se había llevado las horas pensando, tan sólo para darle gusto a sus deseos, sin más esperanzas, qué sitio sería el mejor si ella venía.

—Es mejor allí. Ven conmigo.

Y se dirigió a la obra. Al pie mismo de la escalera, entre los sacos.

Al llegar a la oscuridad Remedios se detuvo.

—He venido tan sólo a traerle esto —dijo casi en un sollozo.

Del bolsillo del abrigo extrajo el billetero con las iniciales A.C.

—Cuente usté a ver si falta algún billete.

Tirso bajó los brazos y se quedó mirando confuso.

—¿De dónde has sacado esto?

Remedios, con expresión suplicante, se lo entregó.

—Guárdeselo. Y no me pregunte nada...

Recogió Tirso el billetero, vio que tenía dentro dinero, pero no quiso comprobarlo. Se lo guardó y volvió a abrazar a la muchacha.

—¿Quién te lo ha dado? Dímelo.

Remedios quería irse y forcejeaba débilmente por apartarse del hombre.

—¿Quién te lo ha dado?

—Ayer tarde se lo conté a mi novio... por hablar de algo...

—Tu novio.

—No anda bien de dinero, se lo puede usté figurar... Tiene trampas, como todo el mundo...

Tirso la llevó hasta el escalón más bajo y la hizo sentarse a su lado.

—Entonces ¿fue tu novio el que vino anoche?

—Tuvo ese mal momento. Pero él es bueno. De verdad que lo es. Yo le vi la cartera en el bolsillo de la americana, y en un descuido se la he quitao para traérsela a usté.

Tirso la abrazaba con ternura.

—Se va a enfadar mucho cuando se dé cuenta.

—Ya se le pasará.

—Pero no quiero que vaya a la cárcel por ladrón. Por eso he venido.

—¿Y por qué no esperaste a mañana?

A la mejilla de Tirso llegó húmeda y ardiente una lágrima de la joven.

—Es que si se la entrego mañana, a lo mejor se enfada usté. Y yo no quiero que le pase nada a mi novio. Prefiero que me pase a mí.

Tirso se puso de pie y se quitó el capote, tendiéndolo en el suelo.

Más que frío, allí en el rellano, al pie de la escalera, hacía humedad. Parecía que del tabique rezumaba agua, en gotitas finas y penetrantes, que impregnaban el aire negro del escondite.

Fuera, corría el viento. Tenía la calle sola, vacía para correr cuanto quisiera, para jugar con las ramas ateridas y sin hojas de los árboles, para rizar el agua de los charcos, para afilarse en la esquina y dar el susto a los aprensivos.

En lo alto se oyó, primero, un crujido como si rechinara el hormigón de una viga y, en seguida, el golpe seco de un objeto duro contra el suelo de una de las plantas. Un nuevo crujido, y hasta el último peldaño llegó el eco de un estampido bronco que hizo conmover el edificio entero. Entre los pliegues del capote, ninguno de los dos advirtió que los pilares se estremecían. Retumbó nuevamente el edificio en un redoble de golpes secos y continuos, mientras una lluvia de cascotes, envuelta en una nube de polvo, caía por el hueco de la escalera. Tirso trató de incorporarse. Un súbito miedo le dejó sin pulso y miró hacia la techumbre, que oscilaba a cada golpe como el pellejo de un tambor gigantesco.

La formidable caja de resonancia que era el hueco de escalera multiplicaba el fragor de bovedillas, ladrillos, trozos de cemento y grava que caían rompiendo techos desde un piso a otro.

Tirso tiró de la muchacha, arrastrándola por el suelo, entre el polvo que le cegaba y que se le metía en los pulmones. Quería ganar la salida lo más pronto posible, enloquecido de miedo y de angustia. Se abrió una grieta en el techo. Inmediatamente, se produjo un tremendo agujero por donde cayó estrepitosamente, violentamente, una cascada de material.

Había salido Tirso en el momento en que se derrumbaba todo. Su mano derecha apretaba reciamente, dramáticamente, el brazo de la muchacha.

Fue entonces cuando quiso gritar pidiendo socorro y se encontró con que la voz le salía tan ronca que difícilmente podrían oírla. Volvió a entrar bajo el techo, medio derrumbado, al montón de los escombros y se puso a apartar cascotes. Tirso se quitó la chaqueta para tener más soltura. Cada trozo de material que conseguía mover era un nuevo resquicio para la esperanza.

Pasaron muchos minutos en el ajetreo del hombre solo contra el cemento, contra la grava y los ladrillos. Tosía y se afanaba casi a tientas, porque los ojos le picaban con la polvareda.

Fue entonces cuando llegó Castro.

—¿Qué hace usté ahí, hombre de Dios? ¿Está usté loco? —le gritó tratando de apartarle—. ¡Se le puede caer encima lo que queda!

Tirso no contestó. Se limitó a empujar al sereno, que trataba de apartarle de allí.

—¡Salga de ahí en seguida! —volvió a gritar Castro.

Le costó trabajo al sereno percatarse de lo que ocurría. Entre la polvareda y los cascotes vio el brazo de la muchacha, y entonces dejó el bastón en el suelo y se puso al lado de su amigo para ayudarle. Entre los dos hombres se fueron apartando trozos de hormigón duro con aristas incisivas. Cada trozo pesaba lo suyo y allí empleaban sus mejores fuerzas en una lucha contra el tiempo.

Pensaba Castro si no sería mejor pedir auxilio cuanto antes, correr al teléfono para que vinieran los bomberos y una ambulancia, porque a veces es cuestión de segundos el que se salve o no la vida de una persona. Pero no podía dejar solo a su desesperado amigo y siguió ayudándole a apartar escombros como buenamente podía.

—Usté está herido también —advirtió de pronto.

Tirso no se había dado cuenta de que su herida sangraba.

—Ya queda poco —musitó.

Cuando apartaban los últimos cascotes y apareció el cuerpo de la muchacha, cubierto de polvo, Castro miró a Tirso y se estremeció. Por el rostro enjuto, contraído por el esfuerzo, húmedo de sudor, corrían lágrimas.

—Sáquela con cuidado.

Tomó Tirso a la joven en brazos y salió con ella, tambaleándose, hasta la acera. Al llegar, se derrumbó con su carga.

Castro recogió el bastón y corrió cuanto le permitía la cojera en busca de la cabina telefónica.

Se habían encendido muchas ventanas. Se abrió un portal y un hombre, abotonándose el abrigo, salió a toda prisa y se acercó preguntando si podía hacer algo.

Tirso se incorporó hasta quedar sentado junto a la joven, le pasó el antebrazo por debajo de la cabeza lívida y sintió que el frío le helaba el sudor del torso. La sangre oscura, brillante y cálida de los dos se juntaba en los baldosines.

—¿Cómo ha sido eso? —preguntaba el vecino.

Tirso no contestó ni siquiera con la cabeza. Estaba como dormido o desmayado, con los ojos fijos en el rostro de Remedios, que parecía sonreír.

VII

VOLVIÓ A PREGUNTAR el jefe de bomberos:

—¿Había alguien más dentro?

Y Tirso, en la camilla, permanecía con los labios cerrados y la mirada fija.

La policía repetía la pregunta a Castro:

—¿No sabe usté si había otra persona en la obra?

—No lo sé, señor. Cuando yo llegué no vi más que a la joven que sacaba el guarda.

—¿No recuerda haberle visto acompañado de alguien?

—No, señor.

—Pues sí que estamos listos...

Los focos de dos coches iluminaban los bajos de la obra. Seguía la búsqueda entre los escombros y se había formado un clima tenso de incertidumbre, porque alguien había dicho que los pilares y vigas que quedaban en pie, que eran casi todos, acabarían derrumbándose también cuando menos se pensara.

—Puede ser ahora mismo. Les digo a ustedes que es una temeridad que esos hombres sigan debajo.

Castro miraba al que parecía técnico y se preguntaba de dónde había salido. Habría llegado con los bomberos o con la policía.

Una ambulancia se había marchado —parpadeo rojo en el techo, dramático aullido de sirena— con el cuerpo de Remedios. Otra esperaba, las luces fijas en los escombros y el motor en marcha, a que terminaran de subir a Tirso.

—Este hombre se va a desangrar —apremió el sereno.

Hubo un último intento del jefe de bomberos. Se agachó hasta ponerse en cuclillas —Castro se agachó también—, puso una mano en el hombro de Tirso y le habló de cerca y despacio.

—Conteste: ¿había alguien más además de la joven?

Tirso hizo un esfuerzo, entornó los ojos y movió por fin los resecos labios. Luego dijo que no con un movimiento casi imperceptible de la cabeza.

El jefe de bomberos se levantó y dio la orden gritando:

—Todo el mundo fuera. ¡Rápido!

—A este hombre, que se lo lleven —concedió un policía.

La camilla fue colocada en la ambulancia y Castro vio cómo se llevaban a su amigo a toda prisa. La obra quedó nuevamente a oscuras. Lentamente se fueron apagando también las luces de las casas.

CUANDO HORAS MÁS TARDE llegó Castro a su casa, no pudo dormir. Le contó a la mujer lo ocurrido, en un relato largo, cansino, lleno de prolijos detalles. Dolores le escuchaba mientras se iba poniendo el abrigo, porque era hora de ir al mercado, comprar y preparar la comida antes de sentarse en el puestecillo.

El gallego hablaba con pesadumbre, despacio. La mujer se fue y él se quedó pensando en lo que había ocurrido. No se le apartaba de la imaginación la frase que alguien dijo al llegar, cuando aún estaba en el suelo el cuerpo de la muchacha: «Después de todo, ha sido una suerte que se derrumbe ahora». Quería decir —estaba claro— que hubiera sido peor si el edificio estuviese habitado. Pero a Castro no se le podía olvidar que Tirso reaccionó con un estremecimiento para volver a quedar en seguida lo mismo que una estatua de piedra, fijo, inexpresivo, como si se le hubiera escapado el soplo del alma.

En la oscuridad del cuarto, el sereno intentaba dormir. El cuerpo entero le dolía por el esfuerzo de horas atrás y tenía en el pecho una congoja y en el pensamiento la convicción de que era un hombre acabado. «Ya no estoy para estos trotes.» Le faltaban la fuerza y el ánimo.

Años atrás se hubiera sobrepuesto, porque siempre fue hombre recio que sabía dominarse llegado el momento y hacer frente a la adversidad y a los peligros. Una vez se las había entendido con dos individuos al mismo tiempo. Los vio entrar en un estanco, forzando el cierre metálico, y corrió a telefonear a la policía. Mientras llegaba el coche patrulla, se plantó en la puerta con el bastón bien sujeto. En jaque los tuvo casi diez minutos, sin dejarlos escapar a fuerza de gallardía. Eso no lo hace cualquiera. «Eso... ya no soy capaz de hacerlo.» Ni podría echar a correr como aquella vez que persiguió y alcanzó, a pesar de la cojera, a un fulano por el barrio de San Lorenzo...

Volvió del mercado la mujer, así como tres cuartos de hora más tarde, y Castro permanecía despierto.

—¿Has sabido algo? —preguntó él.

—¿Algo de qué?

En el barrio donde se derrumbó la casa estarían por aquella hora comentando el accidente, cada uno a su manera. Pero donde vivía Castro, venía a ser casi en el extremo opuesto de la ciudad. La prensa no había alcanzado la noticia y la gente en el mercado no hablaba casi nada más que del precio del pescado, de la carne y de la verdura.

Pasó el día Castro con el mismo desánimo y con el mismo cansancio, sin pegar ojo y sin que se apartara de la mente lo que vivió en la madrugada. Y cuando llegó la noche se iba llenando de aprensiones. Se dio cuenta en el autobús. Camino de su trabajo sintió miedo —no le venía desde que era niño—, así como si temiera a presagios y fantasmas.

Fue una noche rara porque se le despertaron recuerdos de la aldea lejana, de dichos, de supersticiones, meigas y Santa Compaña, fauna de consejas, maleficios y relatos de aparecidos.

Silbaba el viento en la noche negra herida de centellas. La aldea dormía, encogida alrededor de la iglesia de piedra. Se abrió la puerta de la habitación y salió la madre haciéndose cruces, despavorida. Había oído tres golpes sonoros, pausados, en el techo mismo, sobre la cama. Decía que era una señal y una señal para ella.

Miró el reloj —las dos y cuarto de la madrugada— y ya no volvió a coger el sueño, arrebujada con los rapaces, reza que te reza, entre suspiros y ayes entrecortados. La madrugada fue larga, llena de truenos, de miedo y de presagios funestos, y en clareando el día llegaron a la puerta con la noticia de que el abuelo había muerto de un mal repentino, a las dos y cuarto de aquella madrugada.

¿Quién explica esto, ni quién es capaz de decirle que fue cuento, si uno de los niños era él? A la mañana, todas las vecinas se reunieron en la casa, para llorar y rezar ante el cuerpo del abuelo. Entonces se supo que en la puerta del horno común, a primera hora de la noche, tanto Braulio como su rapaz habían visto una luz tenue, movediza, como si fuera de una vela o candil. No se acercaron siquiera y dejaron la hornada para cuando fuera de día, y al pasar ante la puerta de la iglesia rezaron lo que sabían, porque aquélla, desde toda la vida, era señal de que una alma se iba del mundo aquella misma noche y allí mismo, en la aldea.

NO DIO MÁS QUE UNA VUELTA por las calles, un rato estuvo con Fede, y en seguida se volvió al garaje, donde había dejado como siempre el paquete con el termo y la comida. Allí se quedó el resto de la noche, sin atreverse a salir.

Pasara lo que pasara, no saldría por nada del mundo. Le había dicho su mujer que no fuera al trabajo. «No puedo dejar de ir.» «Y si estuvieras enfermo, ¿qué?» «Pero como no estoy enfermo...» Ahora se daba cuenta de que lo estaba. Tenía los nervios deshechos y un cansancio mortal. No estaba para nada.

El vigilante del garaje le observaba desde hacía un rato.

—Hoy parece que no se encuentra usté bien.

—Estoy nada más que regular, es verdad.

El otro se lamentó, chascando la lengua:

—Qué vida la nuestra. ¿Verdá usté?

Castro se encogió de hombros.

—Yo estoy deseando conseguir unos ahorrillos —prosiguió el otro, que tenía ganas de charla—. ¿Sabe usté para qué? Para poder dormir de noche. A mí trabajar no me asusta y el día que no pueda hacerlo será que no sirvo ni para vivir. Pero esto de trabajar de noche, cansa lo suyo. ¿Usté tiene hijos?

—No. Mujer nada más.

—Yo tengo tres, para el caso es lo mismo, porque los tres están casados y viene a ser como si no los tuviera. Ellos tienen sus obligaciones, ¿se da usté cuenta? No es plan de servirles de carga. Por eso ando rumiando la idea de poner un negocio.

El vigilante del garaje, era menudo, amarillento, con el rostro lleno de arrugas. A veces no se sabía si miraba o no miraba porque era bizco y metía un ojo raramente, lo que ponía nervioso a Castro.

—¿Usté conoce el barrio de Los Pajaritos? Allí tengo yo vista una accesoría que ni hecha de encargo.

Castro se iba durmiendo. Estaba sentado en una butaquita de mimbre, compañera de la que ocupaba el vigilante del garaje. Cada noche la sacaban del escritorio y allí se adormilaban los dos frente a la puerta ancha, grande, adintelada, abierta a todas horas.

Cada vez que cerraba los ojos, Castro presentía que de un momento a otro iba a volver a oír el estruendo grave, prolongado, como de tormenta, de otro derrumbamiento. Se imaginaba ya que cada casa era un tullido a punto de rodar por los suelos en gemido lúgubre que clamara al cielo. Ya no había para él más que fachadas en ruina, surcadas de grietas como yedras que le iban creciendo desde los cimientos. Y tenía que abrir de nuevo los ojos para no pensar en la hecatombe descomunal, en la gran catástrofe del barrio entero convertido en escombros. «Son cosas del demonio. La gente no cree en el demonio, pero existe, ya lo creo que existe.» El demonio —lo había oído contar de niño— se llevó una aldea entera y no dejó más que una sola casa, la más humilde de todas, donde se conservaba una bolsa de huesos de aceitunas del Huerto de los Olivos. Si no llega a ser por la bolsa, también se la hubiera llevado como las demás, con los hombres y las mujeres, con los niños y con el ganado.

—¿Usté sabe lo que deja el alquiler de novelas y tebeos? —continuaba el otro—. Sus buenas pesetas, que se lo digo yo. De eso tan simple, viven muchas familias.

Naturalmente que lo sabía. Su mujer tenía un puesto de lo mismo y de chucherías, y sacaba un dinerito muy decente. Se lo iba a decir, pero como no tenía ganas de charla le dejó que siguiera hablando.

Pensaba en la casa que le señaló Fede, la de las grietas, acabada de hacer y ya en ruina. Mal lo estarían pasando los vecinos. Según Fede, una de las familias se había quitado de en medio apresuradamente para irse a un hotel. «Ya pasarán factura de los gastos cuando ganen el pleito», comentó. Y luego dijo: «Bueno, si es que lo ganan».

Serían las doce o doce y cuarto. Un coche enfiló la entrada y penetró lentamente. Lo conducía Polo.

—¿Está bien aquí?

—Déjalo donde te dé la gana —contestó el del garaje.

Polo bajó del coche y cerró la portezuela.

—Mañana le explicaré a tu jefe la avería.

A Polo le confiaban no sólo el limpiado de la carrocería sino la tarea de llevar el auto al garaje cada vez que necesitaba un repaso. Polo inspiraba confianza y, además de servicial, era aficionado a la mecánica y podía pasarse las horas hablando de automóviles y de cómo se arreglan los infinitos contratiempos de sus mecanismos. A veces permanecía en pie cuanto durara una reparación y, llegado el caso, hasta echaba una mano con buen tino. «Tú servirías para mecánico», le decía Paco, el dueño del garaje. «No vayas a creer; mejor que otros muchos que se ganan la vida con esto», respondía medio en broma y medio en serio.

Castro se quedó mirando el coche.

—Del periodista, ¿no? —preguntó.

—Del mismo. Hoy ha tenido que irse en autobús.

—¿Y qué cuenta de lo de anoche?

—Nada. Que no sabe nadie quién es la muchacha.

—¿Y del guarda?

—Dice que no ha recobrado todavía el conocimiento, pero que no es grave.

Intervino el del garaje:

—Y digo yo: si no es grave, ¿cómo es que sigue sin conocimiento?

—¿Qué tiene que ver? —explicó Polo, que venía muy documentado—. No está grave porque no tiene lesiones internas ni heridas de cuidado. Pero eso no priva de que tenga un *shock*.

—¿Y eso no es grave? —insistió el vigilante.

—¿No lo estoy diciendo? Un *shock*, es eso...

un... una conmoción, ¿estamos? Pasa y no deja nada malo.

—Por la impresión sería...

—Claro —repuso Polo ya no muy seguro de sus conocimientos.

—Mañana lo dirá la prensa —dijo Castro.

Todavía estuvo allí un rato el limpiacoches, dando una vuelta por el garaje, asomándose a los autos, tocando en un sitio y en otro, por mor de su afición.

Cuando se marchó, el del garaje salió con sus reflexiones diciendo:

—Oiga usté. A su amigo el guarda, aquí para nosotros, le da por los trajines, ¿no?

—¿Cómo dice?

—Que ésa estaría allí por algo. Vamos, digo yo.

—No lo sé.

—Yo tampoco lo sé; pero, usté, yo no creo que una muchacha estuviera allí para nada bueno a las tantas de la madrugada.

Castro movió la cabeza, como para que el otro no siguiera. Pero el del garaje siguió:

—Si no era una fulana, ¿qué buscaba allí, vamos a ver?

—No, no siga usté por ahí —respondió Castro, dolido—. Si usté hubiera visto a ese hombre llorando a lágrima viva mientras apartaban los escombros... Un hombre como es, tan seco, tan raro... Para mí que esa joven era algo suyo.

—¡Ah, sí?

—Lo que usté oye.

La lengua del otro chascó de nuevo y él se quedó en silencio, tal vez pesaroso de haber hablado de tal modo.

La madrugada se asomaba por el recuadro de la puerta. Castro no quería mirar.

DOS DÍAS DESPUÉS, Castro, acompañado de Fede, fue a ver a Tirso. La noche anterior habían estado hablando de lo mismo y fue el portero quien le animó para que hiciera la visita. «Debe usté ir, a lo mejor está solo.» Pero el sereno seguía de capa caída y contestó evasivamente: «Cualquier día de éstos». «¿Quiere usté que yo le acompañe?» El sereno dijo que sí, se enteraron de la hora de visitas y se presentaron en la Residencia del Seguro.

No tardaron en dar con él. Estaba sentado a los pies de la cama, con un vendaje en la pierna izquierda, fumando un cigarrillo. A su lado, en una silla junto a la cabecera, había una mujer todavía joven, gruesa, con los ojos grandes y tan negros como el vestido que llevaba.

Duró la visita como veinte minutos. Tirso estaba a punto de que le dieran de alta. Habían venido a verle fotógrafos y periodistas y agentes de policía a los que dijo, según la prensa, que no conocía de nada a la joven del accidente. Cuándo le preguntaban qué creía que estaría haciendo allí, contestaba que no lo sabía.

—Menos mal —dijo Fede— que lo de usté no ha sido nada.

Tirso se miró la pierna.

—Esto es poca cosa —dijo—. Me darán de alta mañana o pasado.

Castro no quitaba los ojos de la mujer. Dijo Fede:

—Ea, amigo, dentro de nada y menos ya le tenemos otra vez en el trabajo.

Tirso sonrió débilmente.

—Sí... Pero en lo mío.

—Desde luego. Allí en el campo —precisó la mujer.

Fueron las únicas palabras que oyeron a Lola. Luego ni siquiera en el momento de la despedida volvió a despegar los labios.

Era a la caída de la tarde cuando llegaron al barrio los dos amigos, el sereno y el portero. Estaba el tiempo como para llover y al bajar del autobús se fueron dando un paseo hasta la obra.

La silueta de la estructura rota clavaba sus aristas en el cielo rojizo. Los días precedentes hubo mucho ajetreo de albañiles, para reforzar lo que quedaba en pie, y los vecinos preguntaban si no sería mejor seguir echando abajo, para mayor seguridad, y empezar de nuevo. Todo el barrio había desfilado por allí, repitiéndose los comentarios, porque a quién más, a quién menos, a todos se les iba ocurriendo lo mismo; que era suerte que se derrumbara antes de tener vecinos dentro.

Se paraban familias enteras —«Niño, no te acerques»— para ver el mecano truncado, las cuadrículas mochas que se mantenían en tenguerengue, como decorado de película de bombardeos. Cada padre de familia, cada zagalón y cada jovencita con tres dedos de frente tenían el diagnóstico del suceso, y había hasta quien hablaba de resistencia de materiales como si fuera técnico diplomado de la secreta. «Si no ahorraran cemento...», decía quien resultaba ser mancebo de botica, convencido de que estaba en el intríngulis y al cabo de la calle. «Claro: así hago casas yo también», respondía sarcástico el oficial de tercera, a punto de jubilarse.

La obra tullida, todavía amenazante con el desplome total, venía a convertirse en centro de peregrinos para la romería de cuantos tenían algo que decir. Había quien se quedaba mirando y jurando que la vertical era oblicua, y cerraba un ojo para mejor convencerse del desplome: «¿Usté no lo ve vencido hacia la derecha?» «Lo que es menester es que respondan los cimientos», respondía otro, satisfecho de su sabiduría.

Así durante todo el día. Aminoraban la marcha de los automóviles, para ver mejor lo que ya habían visto y revisto en las fotografías; menos aquel que pasaba de largo, y lo más de prisa posible, por si acaso.

—¿Ha leído usté las cosas que dice el periódico? —preguntó Fede.

Castro estaba mirando fijamente a los pájaros pardos, que daban vueltas sobre la última planta.

—Algo he leído, sí.

Eran los mismos pájaros de siempre, los que revoloteaban al caer de la tarde por las espadañas, por los campanarios, por los edificios más empinados de la ciudad. Pero a Castro le parecía que volaban por algo muy especial y muy distinto, mirando las ruinas sabe Dios con qué intenciones. Habían cobrado vigor sus creencias más recónditas, sus temores supersticiosos. No podía ver tranquilo a los pájaros que trazaban rúbricas interminables como exorcismos o como maldiciones. Él se entendía. Disimuladamente, en gesto apresurado, se santiguó.

Fede, que le había visto, comentó:

—Se está usté acordando de la muchacha...

—No —contestó el gallego—. Lo hacía por los pájaros.

—¿Por los pájaros?

Trató de comprender y se quedó mirando a las aves contumaces, que daban vueltas y más vueltas bajo el cielo encapotado.

Castro no quiso explicarse, porque era muy difícil hacerse entender lo que presentía confusamente. Fede era listo, pero existe un mundo oscuro, casi impenetrable, del que es mejor no hablar porque quien no sabe de él, no puede tomarlo en serio. ¿Cómo decirle al portero que los pájaros saben más que nosotros de muchas cosas? Los pájaros y los demás animales. Una vez hubo un temblor de tierra. Nadie, ni el hombre más sabio lo hubiera presentido, pero los animales sí; los pájaros revoloteaban nerviosos, desquiciados, los perros rompieron a aullar y hubo caballo en la aldea que se soltó despavorido y se perdió en el monte.

Los pájaros sabían algo de lo que allí había pasado y de lo que tendría que ocurrir. A lo mejor se sabían de memoria la historia de aquel hombre triste de destino, hermanado con la obra que venía guardando. Los dos truncados, los dos sellados desde que nacieron con el mismo signo.

Todo eso sería tan difícil de explicar a Fede...

Llevaba dos días largos viviendo de emociones, volviendo a recrear su mundo anterior. Había leído con avidez en uno de los diarios un reportaje fabuloso, salpicado de detalles increíbles, que parecía, más que reseña de la verdad, argumento de novela. Se venía a decir, poco más o menos, que también en nuestro tiempo ocurren historias como las de Romeo y Julieta. Lo volvió a leer en voz alta para que se enterara la mujer. «Así que allí había una historia de amor...», comentaba. Y añadía extrañado: «Y yo que no advertí nada...» Se hablaba en el relato de la infortunada desconocida, la joven que siguió hasta la muerte a Tirso García Fernández, treinta y seis años, casado, guarda de la obra. «Lo que yo no sé es cómo han podido averiguar tanto», decía a su mujer. «Para eso son periodistas», respondía ella. «También es verdad. Qué gente, ¿eh?»

Luego, en otro diario, apareció una entrevista con Tirso. El reportero preguntaba si de verdad no conocía a la joven y Tirso contestaba que no. «Ni siquiera de vista.» «¿Qué hacía allí entonces?» «Ya le he dicho que no lo sé.»

Castro lo había comentado con Fede: «¿No cree usté que debieran dejarlo en paz?» Fede se encogió de hombros. También él estaba al tanto de lo que se publicaba y de algo más. Sabía que aquella misma mañana había venido de Madrid un cronista, enviado especial de una revista de sucesos, dispuesto a sacar a flote la verdadera historia, con toda suerte de detalles. Mandó sacar centenares de fotos y pidió al periodista de la calle última que le asesorara. Cómo quería hacer el reportaje completo, traía en cartera el propósito de alargarse al pueblo de Tirso para dejar testimonio gráfico de la mujer y de los hijos del apasionado amante. Todo cuanto hiciera falta para no defraudar a sus lectores. El periodista de la calle última estuvo con él no más de un cuarto de hora. Se quitó de en medio sin pretextos ni excusas, con tal malestar que hasta le entraron ganas de vomitar de asco.

Empezó a caer una lluvia menuda.

—¿Sabe usté, Fede? —dijo el sereno—. Me alegro de que Tirso se vaya a su pueblo. A lo mejor, le echo de menos, no crea usté que no, porque hemos pasao muchas horas juntos. Pero ese hombre no se librará del mal fario mientras siga aquí. La ciudad no le trajo suerte.

Iban camino de la cafetería.

—Cada cual tiene su sino, Castro —respondió el portero—. Con él se nace, por eso cada vida es un misterio. Fíjese usté en su amigo: lo ha tratao durante varios meses, y ¿qué sabe de él? Nada.

—Es verdad.

—Pues si cada hombre es un misterio, qué no será su amigo Tirso, que no se clarea por nada del mundo. Un hombre dispuesto a callar, a no soltar prenda. Durante mucho tiempo usté no supo ni que tenía familia, ni por qué un hombre hecho y derecho, joven todavía, no estaba trabajando en un andamio, sino guardando una obra como si fuese jubilao.

Ante la puerta de la cafetería, Castro se volvió a mirar la obra. Los pájaros seguían dándole vueltas a la media casa, a pesar de la lluvia, a pesar de que allí no tendrían nidos ni nada que buscar para sus crías.

Entraron y se acercaron a la barra.

La televisión dedicaba a cinco millones de espectadores, por lo menos, las confidencias de un futbolista.

—Hay quien nace iluminao —comentó Fede—, con buena estrella, y otros a oscuras. El que nace a oscuras se pasa la vida estrellándose la cabeza contra la mala suerte.

—También yo pienso —dijo el sereno— que todo está escrito. Desde que uno viene al mundo. Tirso tenía que encontrarse con la obra, sabe Dios por qué. Para que se matara una joven.

—No sabemos nada de nada —comentó Fede.

—Los pájaros saben más que nosotros —aseguró Castro.

En la pantalla del televisor, el futbolista seguía hablando de sus cosas. Estaba sentado en una butaca, ante unos vasos de *whisky*, y tenía por fondo una vitrina de trofeos. Decía que de aquel gol no quería acordarse. Quien hablaba con él, se volvía al público y afirmaba con benevolencia que lo pasado pasó y que aún tenía aquel hombre que seguir aportando glorias a España en los terrenos de fútbol.

Fede atendía al programa y no escuchó las últimas palabras del sereno. Sólo cuando el futbolista terminó de hablar y en la pantalla aparecieron los anuncios, se volvió a su amigo, para insistir:

—Lo que le decía, amigo. Que no sabemos nada de nada.

Castro tomaba una cerveza. Dentro de nada iría al garaje, donde había dejado como siempre la cena, recogería el paquete y se iría a un bar para despachar los bocadillos con otro vaso.

—Es verdad —comentó— que no sabemos. Yo nunca me explicaré lo de la buena y la mala suerte. Ni por qué mueren los jóvenes, ni por qué sufren los niños y los animales. ¿Usté comprende el dolor de los niños?

—Eso Dios lo sabe. Y nadie más.

Fede dijo esto y se quedó pensativo con el vaso de cerveza en la mano. Eso mismo se había preguntado él cuando visitaba *Regina Mundi.* Había que asociar el dolor al pecado, al pecado de los demás. Había que ahondar en una sabiduría que no se alcanza más que a golpetazos de fe. Era aquella una de las noches en que a Fede le daba por hablar en serio, intentando decir las cosas que le herían por dentro. Bien sabía él que no tenía elocuencia, ni siquiera la claridad suficiente para expresarse en temas así, porque no era hombre de estudios. Solía decir: «Si lo fuera, a más de uno que presume de sabio lo hubiera mandado a los albañiles».

Quería decir que Dios sabe lo que hace y que si a cada cual le larga un boleto para el viaje, uno en coche cama, otro en tercera, otro andando y otro en ambulancia, luego se volverán las tornas.

Al que le toque la china, le tocó; después se alegrará. Era lo que le rebullía en la mente, pero no podía expresarlo. Cada día le costaba más trabajo. Años atrás, lo llevaron a que hiciera unos cursillos y al salir le dio por el apostolado que le pareció más contundente, y arreaba frases recién aprendidas del Evangelio con más entusiasmo que fortuna y a cada dos por tres. En seguida se dio cuenta de que más conseguía practicando el bien que citándolo de palabra. Ahora, al cabo de los años, el portero tenía una comezón que no le dejaba tranquilo, porque cada día hacía menos mientras se le acrecentaba el pudor de sus predicaciones.

Castro seguía tomando a pequeños sorbos su cerveza, dispuesto a escuchar a su amigo cuanto quisiera decirle: le gustaba oír a aquel extraño individuo, el único que le había hablado de Dios en mitad de la calle, en la portería de una casa o ante la barra de un bar.

Pero Fede no estaba inspirado. Y no soltó la parrafada que esperaba el sereno. Se limitó a decir:

—Lo que pasa es que nos falta fe.

Luego, de improviso, cambió de tono. Y mientras Castro movía la cabeza buscando un sentido a la frase que acababa de oír, el portero, chungón como otras veces, volvió a gastarle la broma que acostumbraba:

—Y ahora, ¿qué? ¿A dormir al garaje?

Castro le miró extrañado.

—¿Por qué dice usté siempre lo mismo?

—Porque lleva usté unas noches que no se le ve por el barrio.

El sereno, ofendido, tragó saliva. No acababa de acostumbrarse a la broma.

—No he faltado ni una sola noche. Y así pienso seguir hasta que me retire.

Salieron a la calle. Castro miró a la cumbre del edificio malogrado y añadió:

—Que será muy pronto.

Había dejado de llover, pero el aire traía una humedad que calaba hasta los huesos. Sobre el asfalto límpido, reluciente, se clavaban las luces de la calle. La gente pasaba con prisa. Algunos con el paraguas abierto todavía, como si siguiera la llovizna.

El esqueleto desvencijado de la obra se mostraba oscuro, casi negro, mostrando sus costados abiertos por donde se colaba el aire y las últimas luces, muy tenues, del día.

—Le ha cogido usté miedo a la noche —apuntó Fede.

Castro se encogió de hombros.

—Será eso —reconoció—. O será que ya no puedo con mi alma.

Echaron a andar.

—Los años...

—Tantos no tiene usté, Castro...

El sereno volvió a mirar a la obra.

—Los suficientes para saber que esto se ha acabao. ¿Usté no ha oído hablar de los avisos? Pues yo he tenido uno.

Iba a contarle que el aviso se lo dieron —entonces se dio cuenta— los pájaros que no cesaban de revolotear. Pero en aquel momento advirtió que de la obra venía un hombre. Era el guarda nuevo. Se acercó a los dos amigos y dijo:

—Usté es el sereno de la calle, ¿no?

Castro dijo que sí.

—Verá usté —dijo el otro—. Es que me ha pasao una cosa que se cuenta y no se cree. Revolviendo ahí abajo, junto a la escalera, fíjese lo que he encontrao.

Del bolsillo sacó un billetero. Lo abrió y mostró unos cuantos billetes de a mil pesetas.

Los dos amigos se miraron. Castro sintió escalofríos.

—¿Qué le parece a usté? ¿Quién habrá perdío esto?

Castro tomó en sus manos el billetero y comprobó que tenía una A y una C recortadas en oro.

—¿Cómo habrá llegao esto hasta aquí? —preguntó el guarda.

Ninguno de los dos supo responderle.

NOVELAS GALARDONADAS CON EL
PREMIO EDITORIAL PLANETA

1952. EN LA NOCHE NO HAY CAMINOS. *Juan José Mira*
1953. UNA CASA CON GOTERAS. *Santiago Lorén*
1954. PEQUEÑO TEATRO. *Ana María Matute*
1955. TRES PISADAS DE HOMBRE. *Antonio Prieto*
1956. EL DESCONOCIDO. *Carmen Kurtz*
1957. LA PAZ EMPIEZA NUNCA. *Emilio Romero*
1958. PASOS SIN HUELLAS. *F. Bermúdez de Castro*
1959. LA NOCHE. *Andrés Bosch*
1960. EL ATENTADO. *Tomás Salvador*
1961. LA MUJER DE OTRO. *Torcuato Luca de Tena*
1962. SE ENCIENDE Y SE APAGA UNA LUZ. *Ángel Vázquez*
1963. EL CACIQUE. *Luis Romero*
1964. LAS HOGUERAS. *Concha Alós*
1965. EQUIPAJE DE AMOR PARA LA TIERRA. *Rodrigo Rubio*
1966. A TIENTAS Y A CIEGAS. *Marta Portal Nicolás*
1967. LAS ÚLTIMAS BANDERAS. *Ángel María de Lera*
1968. CON LA NOCHE A CUESTAS. *Manuel Ferrand*
1969. EN LA VIDA DE IGNACIO MOREL. *Ramón J. Sender*
1970. LA CRUZ INVERTIDA. *Marcos Aguinis*
1971. CONDENADOS A VIVIR. *José María Gironella*
1972. LA CÁRCEL. *Jesús Zárate*
1973. AZAÑA. *Carlos Rojas*
1974. ICARIA, ICARIA... *Xavier Benguerel*
1975. LA GANGRENA. *Mercedes Salisachs*
1976. EN EL DÍA DE HOY. *Jesús Torbado*
1977. AUTOBIOGRAFÍA DE FEDERICO SÁNCHEZ. *Jorge Semprún*
1978. LA MUCHACHA DE LAS BRAGAS DE ORO. *Juan Marsé*
1979. LOS MARES DEL SUR. *Manuel Vázquez Montalbán*
1980. VOLAVÉRUNT. *Antonio Larreta*